Bernd Fritz · Die klassische Anmache

Bernd Fritz

DIE KLASSISCHE ANMACHE

Tipps und Tricks aus der Weltliteratur

Illustriert von Peter Gut

Kein & Aber

DIE KLASSISCHE ANMACHE

Er schoss ein leeres Wort zum Zeitvertreib
Ins Blaue – und doch fiel darob ein Weib.

Friedrich Nietzsche

25 galante Tipps und Tricks (mit Zusatztrick)
in fünf erotisierenden Kapiteln

EINLEITUNG

Es ist Frühling, die Stadt voller Menschen und im Herzen noch Platz – da führt der Passantenstrom sie heran: hochgewachsen, schlank, leichten und edlen Ganges. Sie sieht herüber, in ihrem Blick keimt der Sturm. Alles liegt darin, die Süße, die betört, die Lust, die tötet. Das Auge trinkt aus ihrem Auge. Doch gleich wird die Menge sie mit sich fortgenommen haben, die Frau des Jahrtausends – ein Königreich für einen Einfall! Doch es kommt keiner. Der Goldene Spruch bleibt stecken, und uns ergeht es nicht besser als Charles Baudelaire, dem Dichter der *Blumen des Bösen*, der seiner »Passantin« nur ein stummes »O du, die ich geliebt hätte, o du, die es wusste!« hinterherjammerte. Und mit dem völlig normalen Umstand haderte, dass er keine Ahnung habe, wohin sie enteilt, sowenig wie sie den Weg kenne, den er geht. Wobei letzteres noch verhältnismäßig leicht zu erraten gewesen wäre: Wohin wird er schon gegangen sein, der Versager? Auf seine Poetenbude natürlich, um ein entsagungsvolles Sonett zu dichten: *An eine Passantin.*

Nun sind, wie wir von einer Frau wissen, Eloquenz und Geistesgegenwart des Lyrikers Sache nicht, im Gegenteil. »Sprachlos steht er im Kreise der flinken Sprecher«, berichtet die Dichterin Gertrud von Le Fort, »nicht anbefehlbar ist seine Stimme, nicht untertänig der Weisung der Welt, der kleinen des Tages, auch nicht der hohen der Liebe, auch nicht der sehnenden des eigenen Verlangens«. Ja, wenn das so ist – dann werden wir uns an die Romanschreiber halten, die Erzähler, die Geschichtenausdenker. Schließlich muss der Literat sich für seinen Helden etwas einfallen lassen, wenn diesem ein begehrenswertes Objekt über den Weg läuft: Goethe für seinen Faust oder den jungen Werther, Robert Musil für den Mann ohne Eigenschaften, Thomas Mann für den Zauberberg-Ingenieur Castorp, Gottfried Keller für den grünen Heinrich, Theodor Fontane für Effi Briests Major, Marcel Proust für Monsieur Swann oder Guy de Maupassant für Bel Ami.

Von ihnen und anderen Klassikern der Weltliteratur, wie Tolstoi, Hölderlin, Flaubert, Eichendorff oder Arno Schmidt, erhalten wir Antworten auf die brennendste aller Flirtfragen: Wie soll ich sie ansprechen, was sage ich nur, damit der Anfang nicht schon gleich das Ende ist? Geliefert haben die Großmeister der Sprache fünfundzwanzig Tipps und Tricks für die fünf Grundsituationen des Anbandelwesens:

1. Auf der Straße (bei gegenseitiger Unbekanntheit und maximaler Zeitknappheit – die anspruchsvollste, sozusagen die »Königsdisziplin« der Anmache)
2. In der Kneipe (bei gegenseitiger Unbekanntheit und geringem Zeitdruck)
3. Im Urlaub (bei aller Zeit der Welt)
4. Unterwegs und auf Besuch
5. In Gesellschaft

Den Bereich »Betrieb und Büro« haben sich die Autoren gespart. Zu Recht, denn der sportliche Wert von Eroberungen am Arbeitsplatz ist nun einmal gleich null. An moderne Frauen, die das Warten auf einen akzeptablen Flirter leid sind und selbst initiativ werden wollen, wurde allerdings gedacht: Von Milan Kundera und Eva Heller mit astreinen Tipps in *Die unerträgliche Leichtigkeit des Seins* beziehungsweise in *Beim nächsten Mann wird alles anders*.

Zudem belässt es die *Klassische Anmache* nicht bei Vorschlägen für den allerersten Anfang. Sie hat auch einiges für den Fall auf Lager, dass man durch äußere Umstände bereits miteinander ins Gespräch gekommen ist und eine Überleitung zum Thema Nr. 1 braucht. Empfohlen wird hier vor allem die Methode »Stichwort aufgreifen« oder es ohne Worte zu versuchen: mit der kleinen Aufmerksamkeit etwa oder der beredten Berührung. Aber Vorsicht: letztere wird gern als »Anfassen« diffamiert.

Bewertet werden die Beispiele aus 225 Jahren Erzähl- und Angrabkultur nach Schwierigkeitsgrad und Originalität sowie ihren Erfolgsaussichten im heutigen Flirtbetrieb. Nicht alle empfehlen sich dabei zur Nachahmung, sondern lehren eher, wie man auf keinen Fall beginnen sollte. Meister in diesem Fach ist übrigens Dichterfürst Goethe: Außer der zum Gähnen abgedroschenen Helfer- und Beschützermasche fiel der Nr. 1 der ewigen Weltliteraturrangliste für seine Helden nur Fummeln und Grabschen ein. Pfui!

Aber lesen Sie selbst …

An eine Passantin

Ich schwamm betäubt im Lärm der Straße, als sie
Der Menschenstrom vorüberführte: schlank und lang,
In tiefem Schwarz und hohem Leide. Ihr Gang war der
Von edlen Beinen, ihr Kleid gerafft von reicher Hand,

Dass Saum und Rüsche sich im Takt der Schritte wiegten.
Ich trank – getroffen, dass mein Leib sich krümmte – aus ihren Augen,
Flüssigen Himmeln gleich, in denen der Orkan schon keimt
Und süße Lust, uns zu verstören, zu besiegen und zu töten.

Ein Blitz … dann Finsternis! Werde ich Dich wiedersehen
Noch vor dem Ende aller Zeit, meine flüchtende Schöne,
Deren einer Blick genügte, mich jählings wiederzugebären?

Im Irgendwo vielleicht, weit weg von hier! Zu spät oder gar nie!
Denn, unbekannt ist mir Dein Ziel, und wohin ich gehe,
Bleibt Dir verborgen. Dir, die ich liebte, Dir, die es wusste!

Charles Baudelaire, 1857

KAPITEL I

AUF DER STRASSE

Ich malte mir, ich darf sagen, mit Eifer,
die unglaublichen Schwierigkeiten eines Mannes aus, der
eine Frau kennen lernen möchte, von der er sich, nach der Art,
wie sie auf der Straße vorbeiging, etwas versprach.

André Breton

Ach Gott, was sind die Männer dumm!

Claire Waldoff

Sieben Tipps und Tricks, verraten von J. W. v. Goethe, Philip Roth, Gustave Flaubert, Gottfried Keller, André Breton, Robert Musil und Heinrich Böll

JOHANN WOLFGANG VON GOETHE

Faust 1 (1808)

FAUST UND GRETCHEN

- *Flirtausgangslage: eine Unbekannte auf der Straße ansprechen (Schwierigkeitsgrad 6)*
- *Methoden: Beschützermasche; direktes Kompliment*

Dichterfürst Goethe hat für seinen Faust selbstverständlich den schwierigsten, den Königsweg der Anmache gewählt: »Straße. Faust. Margarete vorübergehend.« Und uns mit dem Startspruch eine gelinde Enttäuschung bereitet: »Mein schönes Fräulein, darf ich wagen, meinen Arm und Geleit Ihr anzutragen?« Auch der halsstarrigste Goethe-Verehrer wird einräumen müssen, dass dieser Einfall nicht das ist, was man gemeinhin »das Gelbe« nennt. Sondern uns eher lehrt, wie es nicht geht. Die Abfuhr folgt denn auch auf dem Fuße: »Bin weder Fräulein noch schön, kann ungeleitet nach Hause gehn.« Dem ist nichts hinzuzufügen. Außer, dass Herrn Goethe neben der heutzutage nur bedingt tauglichen Beschützermasche zwei weitere methodische Grundfehler anzukreiden sind, ein grober und ein schlimmer.

Der grobe Fehler: Obwohl Goethes Zeitgenosse Musäus im Märchen von der Königin Libussa bereits den Tipp publik gemacht hatte, dass es »ein missliches Unterfangen« sei, einer Frau »ohne vorgängige Unterredung mit den Augen und ihren bedeutsamen Blicken eine mündliche Erklärung abzufordern«, wird hier die Frau von der Seite angequatscht.

Der schlimme Fehler geht aus der Bühnenanweisung hervor: Sie macht sich los und ab. Er hat sie also auch noch gleich angefasst! Ihh! Da passt es denn ins plumpe Bild, Mephisto um Hilfe zu bitten und den Fehlschlag mit Stress zu entschuldigen: »Hätt ich nur sieben Stunden Ruh, brauchte den Teufel nicht dazu, so ein Geschöpfchen zu verführen.« Alter Angeber!

- *Bewertung: plump, zudringlich*
- *Prädikat: nicht empfehlenswert*
- *Erfolgsprognose: null*

Straße.
Faust. Margarete vorübergehend.

Faust:
Mein schönes Fräulein, darf ich wagen,
Meinen Arm und Geleit Ihr anzutragen?

Margarete:
Bin weder Fräulein weder schön,
Kann ungeleitet nach Hause gehn.

Sie macht sich los und ab.

Faust:
Beim Himmel, dieses Kind ist schön!
So etwas hab ich nie gesehn.
Sie ist so sitt- und tugendreich,
Und etwas schnippisch doch zugleich.
Der Lippe Rot, der Wange Licht,
Die Tage der Welt vergeß ichs nicht!
Wie sie die Augen niederschlägt,
Hat tief sich in mein Herz geprägt;
Wie sie kurz angebunden war,
Das ist nun zum Entzücken gar!

Mephistopheles tritt auf.

Faust:
Hör, du mußt mir die Dirne schaffen!

Mephistopheles:
Nun, welche?

Faust:
Sie ging just vorbei.

Mephistopheles:
Da die? Sie kam von ihrem Pfaffen,
Der sprach sie aller Sünden frei.
Ich schlich mich hart am Stuhl vorbei;
Es ist ein gar unschuldig Ding,
Das eben für nichts zur Beichte ging;
Über die hab ich keine Gewalt!

Faust:
Ist über vierzehn Jahr doch alt.

Mephistopheles:
Du sprichst ja wie Hans Liederlich:
Der begehrt jede liebe Blum für sich,
Und dünkelt ihm, es wär kein Ehr
Und Gunst, die nicht zu pflücken wär;
Geht aber doch nicht immer an.

Faust:
Mein Herr Magister Lobesan,
Laß Er mich mit dem Gesetz in Frieden!
Und das sag ich Ihm kurz und gut:
Wenn nicht das süße junge Blut
Heut nacht in meinen Armen ruht,
So sind wir um Mitternacht geschieden.

Mephistopheles:
Bedenkt, was gehn und stehen mag!
Ich brauche wenigstens vierzehn Tag,
Nur die Gelegenheit auszuspüren.

Faust:
Hätt ich nur sieben Stunden Ruh,
Brauchte den Teufel nicht dazu
So ein Geschöpfchen zu verführen.

PHILIP ROTH

Portnoys Beschwerden (1969)

ALEXANDER UND EINE PASSANTIN

- *Flirtausgangslage: eine Unbekannte auf der Straße ansprechen (Schwierigkeitsgrad 6)*
- *Methoden: Bekanntheit simulieren; Alles-oder-nichts-Spruch*

Manhattan, Ecke 52ste und Lexington Avenue. Sie ist dabei, ein Taxi heranzuwinken, und natürlich die Frau, nach der sich alle die Finger lecken: »langgliedrig und schlaksig, mit einer verschwenderischen Fülle dunklen Haares und einem schmollenden Zug um den Mund und« – na klar, Mr. Roth! – »einem geradezu unwahrscheinlichen Hintern«

Alexander sagt: Hallo! – »leise und ein wenig erstaunt, als sei ich ihr schon einmal begegnet«. Soweit, so unoriginell. Sie: »Was wollen Sie denn?« Was noch Unoriginelleres: »Sie zu einem Drink einladen.« Die Frau muss einen leichten Hau haben. Statt ihn einfach stehen zu lassen, wird sie ironisch: »Der große Draufgänger!« Das kann er

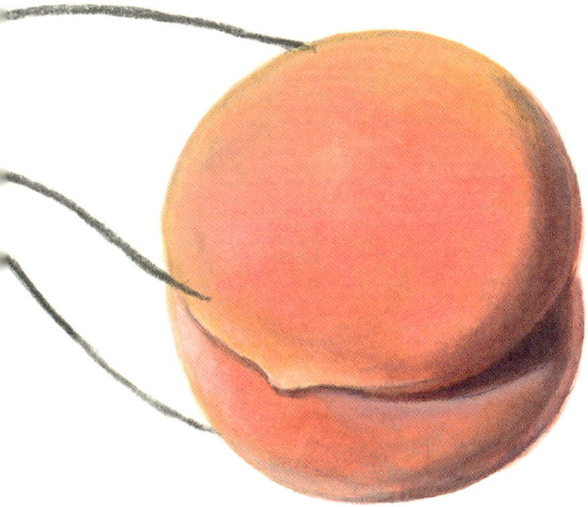

nicht auf sich sitzen lassen. Er geht aufs Ganze: »Dich lecken, Baby, wie wär's?« Mit allem Recht erwartet er, dass sie die Polizei ruft. Doch die Dame hat einen schweren Hau: »Schon besser!«

Und dann geschieht, was sonst Lkw-Kutscher und andere Sex-Angeber im Betrieb oder am Tresen ablassen, um ihre sexuell unterversorgten Geschlechtsgenossen zu deprimieren: Es klappt! »Ein Taxi hielt, und wir fuhren zu ihrem Appartement, wo sie sich auszog und sagte: ›Also los!‹«

- *Bewertung: Har, har!*
- *Prädikat: bedingt empfehlenswert*
- *Erfolgsprognose: 2 Promille*

GUSTAVE FLAUBERT

Lehrjahre des Herzens (1865)

CHARLES DESLAURIERS UND »DIE NÄCHSTBESTE«

- *Flirtausgangslage: eine Unbekannte auf der Straße ansprechen (Schwierigkeitsgrad 6)*
- *Methoden: auf das Opfer einschwallen bis zur Widerstandsunfähigkeit*

Charles Deslauriers, Student in Paris, will seinem unglücklich verliebten Freund Frédéric Mut machen und wettet um hundert Francs, »dass ich mit der ersten, die vorbeikommt, anbandle«.

Die erste ist »ein sündhässliches Bettelweib«. Frédéric erlässt dem Kumpel diesen Versuch. Die zweite ist »ein großes Mädchen mit einer Pappschachtel in der Hand« und wird als »etwas Passendes« akzeptiert. »Ja! Die Wette gilt!«

»Deslauriers sprach sie an.« Was genau er sagte, verrät Flaubert nicht, eine in Anbetracht der Reaktion des Mädchens allerdings verzeihliche Unterlassung: »Sie bog jäh nach den Tuilerien hin ab, lief dann über die Place du Carrousel und blickte sich im Laufen nach allen Seiten um. Sie rannte hinter einer Droschke her, aber Deslauriers holte sie ein.«

Nach menschlichem Ermessen müsste sie jetzt ein Pfefferspray aus der Schachtel holen. Das verhindert der Stalker mit Laufquatschen: »Nun ging er neben ihr und redete mit ausdrucksvollen Gebärden auf sie ein.« Ohne dass die Flirtpolizei einschreitet und ohne dass wir erfahren, was er redete. Eine in Anbetracht des Resultats ganz und gar unverzeihliche Unterlassung: »Schließlich hängte sie sich bei ihm ein, und sie gingen Arm in Arm an der Seine entlang.« Und, zum Staunen des Wettverlierers, zwanzig Minuten später auf seine Bude. »Frédéric befiel das gleiche Staunen, wie man es verspürt, wenn man sieht, dass ein toll gewagter Streich gut ausgeht.«

Auch wir staunen. Nicht gerade, dass solche Tollheiten in der Mitte des 19. Jahrhunderts funktionierten. Sondern, dass es – nach glaubhaften Versicherungen aus Berliner Aufreißerkreisen – auch noch im 3. Jahrtausend möglich ist, eine Wildfremde innerhalb von Stundenfrist von der Straße ins Bett zu labern.

- *Bewertung: inhaltlich unbefriedigend*
- *Prädikat: erstaunlich*
- *Erfolgsprognose: 5 Prozent*

Auf einmal sagte er: »Willst du hundert Franken wetten, daß ich mit der ersten, die vorbeikommt, anbandle?«

»Ja, die Wette gilt!«

Die erste, die vorbeikam, war ein sündhäßliches Bettelweib, und sie gaben schon alle Hoffnung auf, daß der Zufall ihnen etwas Passendes in den Weg führen könnte. Da sahen sie mitten auf der Rue de Rivoli ein großes Mädchen mit einer Pappschachtel in der Hand.

Deslauriers sprach sie unter den Laubengängen an. Sie bog jäh nach den Tuilerien hin ab, lief dann über die Place de Carrousel und blickte sich im Laufen nach allen Seiten um. Sie rannte hinter einer Droschke her, aber Deslauriers holte sie ein. Nun ging er neben ihr und redete mit ausdrucksvollen Gebärden auf sie ein. Schließlich hängte sie sich bei ihm ein, und sie gingen Arm in Arm an der Seine entlang weiter. In der Nähe des Châtelet angelangt, spazierten sie wohl zwanzig Minuten lang auf und ab wie zwei Matrosen, die ihren Wachtdienst versehen. Plötzlich aber überquerten sie den Pont au Change, den Blumenmarkt, den Quai Napoléon. Frédéric betrat hinter ihnen das Haus. Deslauriers gab ihm zu verstehen, er würde sie nur stören und brauche ja bloß seinem Beispiel zu folgen.

»Wieviel hast du noch?«

»Zwei Fünffrankenstücke.«

»Das reicht. Gute Nacht.«

Frédéric befiel das gleiche Staunen, wie man es verspürt, wenn man sieht, daß ein toll gewagter Streich gut ausgeht.

GOTTFRIED KELLER

Das Sinngedicht (1881)

REINHART UND DIE ZÖLLNERIN

- *Straße; Kontakt mit weiblicher Amtsperson im Dienst (Schwierigkeitsgrad 5)*
- *Methoden: Galante Erpressung; direktes Kompliment; scheinbares Aufgeben*

Heute zahlt man Maut oder Gebühr, früher, als man noch zu Pferd reiste und etwa über eine Brücke wollte, zahlte man Zoll. Reinhart, der auf Brautschau unterwegs ist, wird von der Tochter des Zöllners abgefertigt. Als sie an den Reiter herantritt, »um den Brückenzoll zu fordern, sah er, dass es ein schönes, blasses Mädchen war, schlank von Wuchs, mit einem feinen lustigen Gesicht und kecken Augen«. Das fällige Kompliment ist vom Dicksten: »Wahrhaftig mein Kind! sagte Reinhart, Ihr seid die schönste Zöllnerin, die ich je gesehen habe …« Das im

Frauenhirn nun unvermeidlich aufgehende Glücksgefühl erlaubt ziemliche Kühnheiten und wird unverzüglich zu einer kecken Nötigung genutzt: »… und ich gebe Euch den Zoll nicht, bis Ihr ein wenig mit mir geplaudert habt!« Das tut sie – und nicht zu knapp –, wird dann aber wieder dienstlich: »Aber nun gebt mir endlich den Zoll und zieht eure Straße.« Der Kecke wird jetzt dreist: »Ich gebe dir den Zoll nicht, feines Kind, bis du mir den Zoll gegeben!« Das Kind wird nun amtlich: »Gebt den Zoll und geht!« Die Verhandlungen gehen weiter, sie bleibt hart, er gibt auf: »Er legte das Geld in ihre Hand.« Und da: »Da hob sie den Fuß in den Steigbügel« und »schwang sich zu ihm hinauf, schlang ihren Arm um seinen Hals und küsste ihn lachend.«

Mehr erreichte Herr Reinhart bei der »lieben Schönen« zwar nicht, doch seine Methode dürfte auch im 21. Jahrhundert ziehen. Bei Politessen etwa (»Ich zahle das Knöllchen gleich in bar, wenn Sie …«) oder bei GEZ-Kontrolleusen (»Ich zeige Ihnen mein Gerät nur, wenn Sie …«).

- *Bewertung: gute Frauenkenntnis, rasche Umsetzung*
- *Prädikat: sauber*
- *Erfolgsprognose: 60 Prozent*

Als sie zu dem Reiter herantrat, um den Brückenzoll zu fordern, sah er, daß es ein schönes, blasses Mädchen war, schlank von Wuchs, mit einem feinen, lustigen Gesicht und kecken Augen. Das offene braune Haar bedeckte die Schultern und den Rücken und war wie das Gesicht und die Hände feucht von dem frischen Quellwasser.

»Wahrhaftig, mein Kind!« sagte Reinhart, »Ihr seid die schönste Zöllnerin, die ich je gesehen, und ich gebe Euch den Zoll nicht, bis Ihr ein wenig mit mir geplaudert habt!«

Sie erwiderte: »Ihr seid beizeiten aufgestanden, Herr, und schon früh guter Dinge. Doch wenn Ihr mir noch einigemal sagen wollt, daß ich schön sei, so will ich gern mit Euch plaudern, solang es Euch gefällt, und Euch jedes Mal antworten, daß Ihr der verständigste Reiter seid, den ich je gesehen habe!« […]

»Aber nun gebt mir endlich den Zoll und zieht Eure Straße, Ihr wißt nun genug von mir für die schönen Worte, die Ihr mir gegeben!«

»Ich gebe dir den Zoll nicht, feines Kind, bis du mir einen Kuß gegeben!«

»Auf die Art müßte ich meinen Zoll wieder verzollen und meine eigene Schönheit versteuern!«

»Das müßt Ihr auch, wer sagt etwas andres? Würde bringt Bürde!«

»Zieht mit Gott, es wird nichts daraus!«

»Aber Ihr müsst es gern tun, Allerschönste! So ein bißchen von Herzen!«

»Gebt den Zoll und geht!«

»Sonst tu' ich es selbst nicht; denn ich küsse nicht eine jede! Wenn du's recht artig vollbringst, so will ich das Lob deiner Schönheit verkünden und von dir erzählen, wo ich hinkomme; und ich komme weit herum!«

»Das ist nicht nötig, alle guten Werke loben sich selbst!«

»So werde ich dennoch reden, auch wenn Ihr mich nicht küßt, liebe Schöne! Denn Ihr seid zu schön, als daß man davon schweigen könnte! Hier ist der Zoll!«

Er legte das Geld in ihre Hand; da hob sie den Fuß in den Steigbügel, er gab ihr die Hand und sie schwang sich zu ihm hinauf, schlang ihren Arm um seinen Hals und küßte ihn lachend.

ANDRÉ BRETON

Die kommunizierenden Röhren (1955)

ANDRÉ UND »ZEHN EHRBAR AUSSEHENDE DAMEN«

- *Flirtausgangslage: Unbekannte auf der Straße ansprechen (Schwierigkeitsgrad 6)*
- *Methoden: Die Menge macht's*

Wenn ein Surrealist sich zum Anbaggern in die Straßen von Paris begibt, handelt es sich selbstverständlich um ein poetisch-existenzielles Experiment zur Lösung einer sozial-ethisch-essenziellen Frage. Zuerst malt sich Breton »die unglaublichen Schwierigkeiten eines Mannes aus, der eine Frau kennen lernen möchte, von der er sich, nach der Art, wie sie auf der Straße vorbeiging, etwas versprach«. Dann denkt er sich die Ursachen dieser Schwierigkeiten aus: »Die soziale Heuchelei, die Abwehrhaltung, mit der die Frauen den Annäherungsversuchen nur allzu zahlreicher Flegel begegnen, die Unsicherheit, wie man die Passantinnen intellektuell und moralisch einzuschätzen hat.« Und als der Saft droht, ihm endgültig aus den Ohren plätschern, »ging ich eines Abends so weit, mit Freunden zu wetten, dass ich zehn ›ehrbar‹ aussehende Damen ansprechen würde, und zwar auf dem Weg zwischen dem Faubourg Poissonnière und der Opéra.«

Nach Nummer acht bricht er ab. Die Versuchshasen hat er überwiegend richtig eingeschätzt: doof und haltlos. Denn »es gab unter den achten nur eine, übrigens nicht gerade die attraktivste, die mir nicht antwortete. Fünf waren durchaus zu einem Rendezvous bereit.«

- *Bewertung: Geh fort! (Heinz Becker)*
- *Prädikat: Dummschwätzer! (Heinz Becker)*
- *Erfolgsprognose: Fünf Achtel (= 62,5 Prozent)*

André Breton: Die kommunizierenden Röhren

… ging ich eines Abends so weit, mit meinen Freunden zu wetten, daß ich zehn »ehrbar« aussehende Damen ansprechen würde, und zwar auf dem Wege zwischen dem Faubourg Poissonnière und der Opéra. Ich gestand mir nicht einmal die Freiheit der Wahl zu. Es ging mir nur darum, sie bei ihrer ersten Geste zu überraschen und ihre Stimme zu hören. Ich kam über die achte nicht hinaus, und es gab unter den achten nur eine, übrigens nicht gerade die attraktivste, die mir nicht antwortete. Fünf waren durchaus zu einem Rendezvous bereit. Ich brauche wohl nicht zu sagen, wie wenig ich für derlei Initiativen übrig habe, ich kann aber mildernde Umstände beanspruchen: Es war für mich, der ich im Dunkeln tappte, schon sehr viel, diese Unbekannten sich mir zuwenden zu sehen. Ein andermal ging ich mit einer sehr schönen roten Rose spazieren, die ich einer dieser Zufallsdamen zudachte, aber gerade weil ich beteuerte, mein einziger Wunsch sei, ihnen diese Blume zu überreichen, hatte ich alle Mühe, die eine zu finden, die mein Geschenk akzeptierte.

ROBERT MUSIL

Der Mann ohne Eigenschaften (1930)

ULRICH UND BONADEA

- *Flirtausgangslage: Straße; gegenseitige Unbekanntheit (Schwierigkeitsgrad 6)*
- *Methoden: zusammengeschlagen werden und sich helfen lassen (umgekehrte Helfermasche); Gespräch auf Sex lenken*

Als der eigenschaftslose Ulrich nach »einer unglücklich verlaufenen Schlägerei« auf dem Pflaster Wiens wieder zu Bewusstsein kommt, hat »ein Mietwagen nahe am Gehsteig haltgemacht«, und »eine Dame beugte sich mit engelhaftem Gesichtsausdruck über ihn«.

Selbstverständlich wird der »verwundete Fremdling« nach Hause gefahren und offenbart erstaunliche Eigenschaften: »Im Wagen hatte er dann rasch zu sich selbst gefunden.« Und als er dann noch »etwas mütterlich Sinnliches« neben sich fühlt, läuft sein von harten Faustschlägen traktierter Schädel aus dem Stand zur Hochform auf. Seine Ausführungen über den Zusammenhang von Boxsport und Theologie beeindrucken die »schöne Frau« Bonadea dermaßen, dass »sie fand, dass ein glücklicher Zufall sie einen sehr geistvollen Mann hatte retten lassen«.

Jetzt muss unser Stehaufmann nur noch den Übergang zum Thema Nummer eins schaffen. Er »benützte die Gelegenheit, um beiläufig darauf hinzuweisen, dass ja auch die Liebe zu den religiösen und gefährlichen Erlebnissen gehöre«. Sie aber findet das ungehörig und lenkt zum Thema Sport zurück, der doch »roh« sei. Ulrich gibt das sofort auf das geistreichste zu: Ja, »man könne sagen: der Niederschlag eines feinst verteilten Hasses, der in Kampfspielen abgeleitet wird«. Dann aber erwähnt er auch die Gegenmeinung, »Sport verbinde, mache zu Kameraden und dergleichen«, und kommt mit einem genialen Schlenker, einem Gedanken scheinbar »ohne rechten Sinn«, aufs Thema Nr. 1 zurück: »– aber das beweise im Grunde nur, dass Rohheit und Liebe nicht weiter voneinander entfernt seien als der eine Flügel eines großen bunten stummen Vogels vom andern«.

Das haut die Dame um. Nicht schon gleich in der Droschke, auch geht sie weder mit ihm in seine Wohnung noch kriegt er ihre Adresse (»damit er ihr seinen Dank abstatte«). Die Vogel-Sentenz entfaltet ihre volle Wirkung erst über Nacht: Am nächsten Morgen »wurde ihm eine Dame gemeldet, die ihren Namen nicht nennen wollte und tiefverschleiert bei ihm eintrat«.

Und: »Zwei Wochen später«, scherzt Musil gutgelaunt, »war Bonadea schon seit vierzehn Tagen seine Geliebte.«

- *Bewertung: Begegnung mit Gewalt herbeigeführt*
- *Prädikat: sauber gesetzter Treffer*
- *Erfolgsprognose: flirttechnischer K. o. in der zweiten Runde*

… als er nach der unglücklich verlaufenen Schlägerei wieder zu sich gekommen war, hatte ein Mietwagen nahe am Gehsteig haltgemacht, der Lenker suchte den verwundeten Fremdling an den Schultern emporzurichten, und eine Dame beugte sich mit engelhaftem Gesichtsausdruck über ihn. In solchen Augenblicken tief emporsteigenden Bewußtseins sieht man alles wie in der Welt der Kinderbücher; aber bald hatte diese Ohnmacht der Wirklichkeit Platz gemacht, die Gegenwart einer um ihn bemühten Frau blies Ulrich an, seicht und erweckend wie Kölnisch-Wasser, so daß er allsogleich auch wußte, er könne nicht viel Schaden genommen haben, und in guter Art auf die Beine zu kommen suchte. Es gelang ihm nicht gleich ganz so, wie er es wünschte, und die Dame bot sich besorgt an, ihn irgendwohin zu fahren, damit er Hilfe fände. Ulrich bat, nach Hause gebracht zu werden, und da er wahrhaftig noch verwirrt und hilflos erschien, gewährte es ihm die Dame. Im Wagen hatte er dann rasch zu sich selbst gefunden. Er fühlte etwas mütterlich Sinnliches neben sich, eine zarte Wolke von hilfsbereitem Idealismus, in deren Wärme sich jetzt die kleinen Eiskristalle des Zweifels und der Angst vor einer unüberlegten Handlung zu bilden begannen, während er wieder Mann wurde, und sie füllten die Luft mit der Weichheit eines Schneefalls. Er erzählte sein Erlebnis, und die schöne Frau, die bloß um weniges jünger als er, also vielleicht dreißig Jahre alt zu sein schien, klagte die Roheit der Menschen an und fand ihn entsetzlich bedauernswert.

Natürlich begann nun er das Geschehene lebhaft zu verteidigen und erklärte der überraschten mütterlichen Schönheit an seiner Seite, daß man solche Kampferlebnisse nicht nach dem Erfolg beurteile dürfe. Ihr Reiz liegt auch wirklich darin, daß man in einem kleinsten Zeitraum, mit einer im bürgerlichen Leben sonst nirgendwo vorkommenden Schnelligkeit und von kaum wahrnehmbaren Zeichen geleitet, so viele, verschiedene, kraftvolle und dennoch aufs genaueste einander zugeordnete Bewegungen ausführen muß, daß es ganz unmöglich wird, sie mit dem Bewußtsein zu beaufsichtigen. Im Gegenteil, jeder Sportsmann weiß, daß man schon einige Tage vor dem Wettkampf das Training einstellen muß, und das geschieht aus keinem anderen Grund, als damit Muskeln und Nerven untereinander die letzte Verabredung treffen können, ohne daß Wille, Absicht und Bewußtsein dabei sein oder gar dareinreden dürfen. […]

Ulrich, der nun etwas Verständliches sagen wollte, benützte die Gelegenheit, um beiläufig darauf hinzuweisen, daß ja auch die Liebe zu den religiösen und gefährlichen Erlebnissen gehöre, weil sie den Menschen aus den Armen der Vernunft hebe und ihn in einen wahrhaft grundlos schwebenden Zustand versetze.

Ja, – sagte die Dame – aber Sport sei doch roh.

Gewiß, – beeilte sich Ulrich, es zuzugeben – Sport sei roh. Man könne sagen, der Niederschlag eines feinst verteilten, allgemeinen Hasses, der in Kampfspielen abgeleitet wird. Man behaupte natürlich das Gegenteil, Sport verbinde, mache zu Kameraden und dergleichen; aber das beweise im Grunde nur, daß Roheit und Liebe nicht weiter voneinander entfernt seien als der eine Flügel eines großen bunten stummen Vogels vom andern.

Er hatte den Ton auf die Flügel und den bunten, stummen Vogel gelegt, – ein Gedanke ohne rechten Sinn, aber voll von einem wenig jener ungeheuren Sinnlichkeit, mit der das Leben in seinem maßlosen Leib alle nebenbuhlerischen Gegensätze gleichzeitig befriedigt; er bemerkte nun, daß seine Nachbarin das nicht im geringsten verstand, dennoch war der weiche Schneefall, den sie im Wagen verbreitete, noch dichter geworden. Da wandte er sich ihr ganz zu und fragte, ob sie vielleicht eine Abneigung habe, von solchen körperlichen Fragen zu sprechen? Das körperliche Treiben komme ja wirklich schon zu sehr in Mode, und im Grunde schließe es ein grauenvolles Gefühl ein, weil der Körper, wenn er ganz scharf trainiert sei, das Übergewicht habe und auf jeden Reiz ohne zu fragen, mit seinen automatisch eingeschliffenen Bewegungen so sicher antwortete, daß dem Besitzer nur noch das unheimliche Gefühl des Nachsehens bleibt, während ihm sein Charakter mit irgendeinem Körperteil gleichsam durchgeht.

Es schien in der Tat, daß diese Frage die junge Frau tief berührte; sie zeigte sich erregt von diesen Worten, atmete lebhaft und rückte vorsichtig ein wenig ab. Ein ähnlicher Mechanismus wie der soeben beschriebene, ein Hochatmen, ein Erröten der Haut, Klopfen des Herzens, und vielleicht noch einiges andere schien in ihr in Bewegung gekommen zu sein. Aber gerade da hatte der Wagen vor Ulrichs Wohnung gehalten. Er konnte nur noch lächelnd um die Adresse seiner Retterin bitten, damit er ihr seinen Dank abstatte, aber zu seinem Erstaunen wurde ihm diese Gunst nicht gewährt.

[…]

So hatte es sich ereignet, und während Ulrich noch überlegte, wie unangenehm es gewesen wäre, wenn er seine Zeit wieder für eines dieser Liebesabenteuer hätte hergeben müssen, deren er längst satt war, wurde ihm eine Dame gemeldet, die ihren Namen nicht nennen wollte und tief verschleiert bei ihm eintrat. Es war sie selbst, die ihren Namen und ihre Wohnung nicht genannt hatte, aber auf diese romantisch-charitative Weise unter dem Vorwand, sich um sein Befinden zu sorgen, das Abenteuer eigenmächtig fortsetzte.

Zwei Wochen später war Bonadea schon seit vierzehn Tagen seine Geliebte.

EXTRA-TIPP

HEINRICH BÖLL

Gruppenbild mit Dame (1971)

LENI UND DER PFLASTERER PLUS EIN TÜRKISCHER ARBEITER

- *Flirtausgangslage: auf der Straße (Schwierigkeitsgrad: -)*
- *Methoden: an Pflasterstein Kante abschlagen; auf die Knie gehen*

Einsame Pflasterer und sexuell unterversorgte Türken können sich vertrauensvoll an Heinrich Böll wenden. Der katholische Erotologe hat, was sie brauchen: Leni, die Dame vom Gruppenbild. Sie ist »1,71 groß, wiegt 68,8 kg (in Hauskleidung)«, ist mit »Beinen und Schenkeln« ausgestattet, könnte es sich leisten, einen Minirock zu tragen, hat »fast unverwüstliche« Brüste und ist ausgesprochen zugänglich: Wer sie nur ordentlich bekniet, darf ihr »beiwohnen«, bei ihr »einkehren«. So wird sie »einen türkischen Arbeiter nur deshalb erhören, weil sie es nicht erträgt, dass irgend jemand vor ihr kniet«.

Noch leichter hat es ein Pflasterer. Er braucht sich lediglich in der Straße mit der Bäckerei, bei der Leni Brötchen holt, einen Pflasterstein auszusuchen, mit dem Hammer ein Stückchen davon abzuschlagen, zu warten, und schon kriegt er supersafen Sex.

Denn für das »ungeheuer sinnliche« Geschöpf reicht bereits, wie der Autor versichert, »eine kleine Unebenheit auf dem Straßenpflaster«, eine winzige, vom »Pflasterer abgeschlagene« Ecke. Vorausgesetzt, sie tritt mit dem rechten Fuß darauf: »Morgens, als sie beim Brötchenholen die Straße überquerte«, bemerkt ihr rechter Fuß durch die Schuhsohle hindurch »eine winzige Bruchstelle an einem Basaltpflasterstein«. Das Körperteil gibt »die Mitteilung sofort an ihren Hirnstamm weiter, jener vermittelte diesen Eindruck an sämtliche Sensibilitätsorgane und Gefühlszentren, und« – wenn das mal nicht der Papst hört! – Leni erlebt »jenen Vorgang, der in theologischen Lexika als ›absolute Seinserfüllung‹ bezeichnet werden könnte; der von plumpen Erotologen und sexotheologischen Dogmatikern, auf eine peinliche Weise reduziert, mit Orgasmus bezeichnet wird.«

- *Bewertung: aus dem Liebesleben der Pflastersteine*
- *Prädikat: peinlich*
- *Erfolgsprognose: Wer's glaubt, wird selig*

Heinrich Böll: Gruppenbild mit Dame

Kürzlich ist Leni etwas widerfahren, das sie sogar gesprächig gemacht hat, sie hat es bei nächster Gelegenheit ihrer besten Freundin, ihrer Hauptvertrauten, die auch die Hauptzeugin des Verf. ist, brühwarm erzählt, mit erregter Stimme: morgens, als sie beim Brötchenholen die Straße überquerte, hat ihr rechter Fuß eine kleine Unebenheit auf dem Straßenpflaster wiedererkannt, die er – der rechte Fuß – vor vierzig Jahren, als Leni dort mit anderen Mädchen Hüpfen spielte, zum letztenmal erfaßt hatte: es handelt sich um eine winzige Bruchstelle an einem Basaltpflasterstein, der schon, als die Straße angelegt wurde, etwa im Jahr 1894, vom Pflasterer abgeschlagen worden sein muß. Lenis Fuß gab die Mitteilung sofort an ihren Hirnstamm weiter, jener vermittelte diesen Eindruck an sämtliche Sensibilitätsorgane und Gefühlszentren, und da Leni eine ungeheuer sinnliche Person ist, der sich alles, aber auch alles sofort ins Erotische umsetzt, erlebte sie vor Entzücken, Wehmut, Erinnerung, totaler Erregtheit jenen Vorgang, der – womit dort allerdings etwas anderes gemeint ist – in theologischen Lexika als »absolute Seinserfüllung« bezeichnet werden könnte; der von plumpen Erotologen und sexotheologischen Dogmatikern, auf eine peinliche Weise reduziert, mit Orgasmus bezeichnet wird.

KAPITEL II

IM LOKAL

Stumm aber wird der Dichter geboren,
Sprachlos steht er im Kreise der flinken Sprecher.

Gertrud von Le Fort

Sechs Tipps und Tricks, verraten von Milan Kundera, J.W. v. Goethe, J. v. Eichendorff, Eva Heller, André Breton, Marcel Proust

MILAN KUNDERA

Die unerträgliche Leichtigkeit des Seins (1984)

TERESA UND THOMAS

- *Flirtausgangslage: er Gast, sie Kellnerin (Schwierigkeitsgrad 2)*
- *Methode: Stichwort aufgreifen*

Es scheint sein schieres Sein zu sein, das Thomas in dem philosophischen Roman zu rund zweihundert Weibern verhilft. Denn viel dazu tun muss der Prager Arzt nie. So auch bei der Kellnerin Teresa, die er im Restaurant eines Provinzhotels sichtet: »Er hob die Augen zu Teresa und lächelte: Einen Cognac!« Nun ist ein nettes Lächeln ja nie verkehrt, aber es wird schnell kontraproduktiv, wenn nicht alsbald etwas Ansprechendes über die Lippen kommt. Das überlässt Kundera diesmal zur Abwechslung dem Frauenmund.

Thomas bittet, das Getränk auf die Zimmerrechnung zu setzen. Teresa: »Selbstverständlich, wie ist Ihre Zimmernummer?« Er zeigt ihr den Schlüssel. »Sonderbar«, sagt sie, »die Nummer sechs.« – »Was ist daran sonderbar?«, fragt er. Ihre Antwort ist ebenso lehrreich wie geschlechterübergreifend verwendbar: »Sie haben die Zimmernummer sechs, und ich beende meinen Dienst um sechs.«

Da weiß unser Thomas genau, wann er auf der Matte zu stehen beziehungsweise auf »einer gelben Bank« zu sitzen hat, »von der aus man den Eingang des Restaurants sehen konnte«.

Was danach folgt, gehört eindeutig zur Leichtlebigkeit des süßen Seins.

- *Bewertung: intelligentes, unaufdringliches Date-Angebot*
- *Prädikat: mustergültig*
- *Erfolgsprognose: 70 Prozent*

JOHANN WOLFGANG VON GOETHE

Die neue Melusine (1817)

EIN »LEBHAFTER BURSCHE« UND EIN »FRAUENZIMMER«

- *Flirtausgangslage: Eine Unbekannte kommt mit der Kutsche an (heute: Taxi) (Schwierigkeitsgrad 3)*
- *Methoden: Helfermasche, Mittel: anfallen*

Unser Bursche treibt sich in Poststationen oder sonstigen Wirtshäusern herum, wo er sich »schmeichlerisch« an die Wirtin oder Köchin heranzumachen pflegt, »wodurch denn meine Zeche meistens vermindert wurde«. Es sei denn, eine Postkutsche mit interessantem Inhalt kommt an. Diesmal ist es »eine schöne Gestalt«, deren »liebenswürdiges Gesicht mit einem kleinen Zug von Traurigkeit geschmückt« ist. Dem »Frauenzimmer« kommt er sogleich mit der Helfermasche: »Ich eilte sogleich, ihr den Schlag (heute: Wagentür) zu eröffnen und zu fragen, ob sie etwas zu befehlen habe.«

Zum Beispiel, sich zu verziehen. Doch leider lässt sie ihn die Frage wiederholen und ihr Gepäck ins Zimmer hochtragen. Dort merkt er irgendwann, dass sie allein sein will, und küsst ihr zum Abschied »ehrerbietig, aber feurig die Hand«. Anstatt diese abzuwischen, lädt sie ihn – äußerst glaubhaft, Herr Goethe! – zum Abendessen ein. Dieses nutzt die Klette erfolglos, um die Unterhaltung auf das Thema »Neigung und Liebe« zu lenken, und lässt auch nach dem Abräumen nicht locker: »Ich suchte allerlei Kunstgriffe, mich ihr zu nähern, aber vergebens.« Wie diese ausgesehen haben, hätte man gern erfahren. Aber der Herr Autor verrät nicht einen einzigen.

Allerdings lässt der grandiose Annäherungsversuch, den unser Gigolo am nächsten Morgen hinlegt, vermuten, dass es darum nicht schade ist: »Ich stürzte auf sie zu und fasste sie in meine Arme.« Den Grabschangriff begleitet das Kompliment »Englisches (engelhaftes), unwiderstehliches Wesen!« Es krönt eine Anmach-Leistung, die der Frauenmund von heute mit den Worten »Mach hier nicht den Klammeraffen!« honorieren würde.

- *Bewertung: einfallslos, zudringlich*
- *Prädikat: siehe Faust und Gretchen*
- *Erfolgsprognose: mindestens 50 Prozent (leider)*

Als ein lebhafter Bursche hatte ich von jeher die Gewohnheit, sobald ich in ein Wirtshaus kam, mich nach der Wirtin oder auch nach der Köchin umzusehen und mich schmeichlerisch gegen sie zu bezeigen, wodurch denn meine Zeche meistens vermindert wurde.

Eines Abends, als ich in das Posthaus eines kleinen Städtchens trat und eben nach meiner hergebrachten Weise verfahren wollte, rasselte gleich hinter mir ein schöner zweisitziger Wagen, mit vier Pferden bespannt, an der Türe vor. Ich wendete mich um und sah ein Frauenzimmer allein, ohne Kammerfrau, ohne Bedienten. Ich eilte sogleich, ihr den Schlag zu eröffnen und zu fragen, ob sie etwas zu befehlen habe. Beim Aussteigen zeigte sich eine schöne Gestalt, und ihr liebenswürdiges Gesicht war, wenn man es näher betrachtete, mit einem kleinen Zug von Traurigkeit geschmückt. Ich fragte nochmals, ob ich ihr in etwas dienen könne. – O ja! sagte sie, wenn Sie mir mit Sorgfalt das Kästchen, das auf dem Sitze steht, herausheben und hinauftragen wollen; aber ich bitte gar sehr, es recht stet zu tragen und im mindesten nicht zu bewegen oder zu rütteln. Ich nahm das Kästchen mit Sorgfalt, sie verschloß den Kutschenschlag, wie stiegen zusammen die Treppe hinauf, und sie sagte dem Gesinde, daß sie diese Nacht hier bleiben würde.

Nun waren wir allein in dem Zimmer; sie hieß mich das Kästchen auf den Tisch setzen, der an der Wand stand, und als ich an einigen ihrer Bewegungen merkte, daß sie allein zu sein wünschte, empfahl ich mich, indem ich ihr ehrerbietig, aber feurig die Hand küßte.

Bestellen Sie das Abendessen für uns beide, sagte sie darauf; und es läßt sich denken, mit welchem Vergnügen ich diesen Auftrag ausrichtete, wobei ich denn zugleich in meinem Übermut Wirtin und Gesinde kaum über die Achsel ansah. Mit Ungeduld erwartete ich den Augenblick, der mich endlich wieder zu ihr führen sollte. Es war aufgetragen, wir setzten uns gegeneinander über, ich labte mich zum erstenmal seit geraumer Zeit an einem guten Essen und zugleich an einem so erwünschten Anblick; ja mir kam es vor, als wenn sie mit jeder Minute schöner würde.

Ihre Unterhaltung war angenehm, doch suchte sie alles abzulehnen, was sich auf Neigung und Liebe bezog. Es ward abgeräumt; ich zauderte, ich suchte allerlei Kunstgriffe, mich ihr zu nähern, aber vergebens: Sie hielt mich durch eine gewisse Würde zurück, der ich nicht widerstehen konnte, ja ich mußte wider meinen Willen zeitig genug von ihr scheiden.

Nach einer meist durchwachten und unruhig durchträumten Nacht war ich früh auf, erkundigte mich, ob sie Pferde bestellt habe; ich hörte nein und ging in den Garten, sah sie angekleidet am Fenster stehen und eilte zu ihr hinauf. Als sie mir so schön und schöner als gestern entgegenkam, regte sich auf einmal in mir Neigung, Schalkheit und Verwegenheit; ich stürzte auf sie zu und faßte sie in meine Arme. Englisches, unwiderstehliches Wesen! rief ich aus: verzeih, aber es ist unmöglich! Mit unglaublicher Gewandtheit entzog sie sich meinen Armen, und ich hatte ihr nicht einmal einen Kuß auf die Wange drücken können.

JOSEPH VON EICHENDORFF

Aus dem Leben eines Taugenichts (1826)

DER TAUGENICHTS UND EIN MÄDCHEN

- *Flirtausgangslage: Er macht Musik, sie kellnert (Schwierigkeitsgrad 1)*
- *Methoden: Helfermasche; direktes Kompliment; Mittel: auf dem Heimweg nachsteigen*

Ein Wirtshaus im Grünen. Unser Mann spielt Geige und bringt die Bauernburschen und Maiden auf Touren, denen seine »Musik in die Gliedmaßen fährt«. Schon kommen die Groupies an, pardon, »kam ein schmuckes Mädchen mit einer großen Stampe Wein zu mir. Musikanten trinken gern, sagte sie und lachte mich freundlich an, und ihre perlweißen Zähne schimmerten recht scharmant zwischen den roten Lippen hindurch, so dass ich sie wohl hätte darauf küssen mögen«. Der Taugenichts kann sich gerade noch beherrschen und fiedelt weiter dem Volk zum Tanz auf, bis gegen Abend alles nach Hause geht, einschließlich des schmucken Mädchens.

Er schlendert locker hinterher, denn »sie ging langsam und sah sich zuweilen um, als ob sie etwas vergessen hätte. Endlich blieb sie stehen und suchte etwas auf der Erde, ich aber« – das Holzauge ist wachsam – »sah wohl, dass sie, wenn sie sich bückte, unter dem Arme hindurch nach mir zurückblickte«.

Eine klare Sache also, die unser Hallodri mit links erledigt: »Ich sprang also geschwind herzu und sagte: ›Haben Sie etwas verloren, schönste Mamsell?‹« Der Flirt entwickelt sich vielversprechend (»mein Vater ist sehr reich«), wird aber durch den plötzlichen Auftritt eines gewaltbereiten Trunkenbolds unterbunden, der die überraschend sensible Mamsell auf Nimmerwiedersehen vertreibt.

- *Bewertung: Wie gewonnen, so zerronnen; gleichwohl könnte das reizend-antiquierte »schönste Mamsell« im Frauenohr von heute hübschen Effekt machen*
- *Prädikat: taugt was*
- *Erfolgsprognose: 80 Prozent*

Joseph von Eichendorff: Aus dem Leben eines Taugenichts

Ich besann mich nicht lange, zog meine Geige aus der Tasche und spielte schnell einen lustigen Ländler auf, während ich aus dem Walde hervortrat. Die Mädchen verwunderten sich, die Alten lachten, daß es weit in den Wald hineinschallte. Als ich aber so bis zu der Linde gekommen war und mich mit dem Rücken dran lehnte und immer fort spielte, da ging ein heimliches Rumoren und Gewisper unter den jungen Leuten rechts und links, die Burschen legten endlich ihre Sonntagspfeifen weg, jeder nahm die Seine, und eh' ich's mich versah, schwenkte sich das junge Bauernvolk tüchtig um mich herum, die Hunde bellten, die Kittel flogen, und die Kinder standen um mich im Kreise und sahen mir neugierig ins Gesicht und auf die Finger, wie ich so fix damit handthierte.

Wie der erste Schleifer vorbei war, konnte ich erst recht sehen, wie eine gute Musik in die Gliedmaßen fährt. Die Bauernburschen, die sich vorher, die Pfeifen im Munde, auf den Bänken reckten und die steifen Beine von sich streckten, waren nun auf einmal wie umgetauscht, ließen ihre bunten Schnupftücher vorn am Knopfloch lang herunter hängen und kapriolten so artig um die Mädchen herum, daß es eine rechte Lust anzuschauen war. Einer von ihnen, der sich schon für was Rechtes hielt, haspelte lange in seiner Westentasche, damit es die andern sehen sollten, und brachte endlich ein kleines Silberstück heraus, das er mir in die Hand drücken wollte. Mich ärgerte das, wenn ich gleich dazumal kein Geld in der Tasche hatte. Ich sagte ihm, er sollte nur seine Pfennige behalten, ich spielte nur so aus Freude, weil ich wieder bei Menschen wäre. Bald darauf aber kam ein schmuckes Mädchen mit einer großen Stampe Wein zu mir. »Musikanten trinken gern«, sagte sie und lachte mich freundlich an, und ihre perlweißen Zähne schimmerten recht scharmant zwischen den rothen Lippen hindurch, so daß ich sie wohl hätte darauf küssen mögen. Sie tunkte ihr Schnäbelchen in den Wein, wobei ihre Augen über das Glas weg auf mich herüber funkelten, und reichte mir darauf die Stampe hin. Da trank ich das Glas bis auf den Grund aus und spielte dann wieder von Frischem, daß sich alles lustig um mich herumdrehte.

Die Alten waren unterdeß von ihrem Spiel aufgebrochen, die jungen Leute fingen auch an müde zu werden und zerstreuten sich, und so wurde es nach und nach ganz still und leer vor dem Wirtshause. Auch das Mädchen, das mir den Wein gereicht hatte, ging nun nach dem Dorfe zu, aber sie ging sehr langsam und sah sich zuweilen um, als ob sie was vergessen hätte. Endlich blieb sie stehen und suchte etwas auf der Erde, aber ich sah wohl, daß sie, wenn sie sich bückte, unter dem Arme hindurch nach mir zurückblickte. Ich hatte auf dem Schlosse Lebensart gelernt, ich sprang also geschwind herzu und sagte: »Haben Sie etwas verloren, schönste Mamsell?« – »Ach nein«, sagte sie und wurde über und über roth, »es war nur ein Rose – will Er sie haben?« – Ich dankte und steckte die Rose ins Knopfloch. Sie sah mich sehr freundlich an und sagte: »Er spielt recht schön.« – »Ja«, versetzte ich, »das ist so eine Gabe Gottes.« – »Die Musikanten sind hier in der Gegend sehr rar«, hub das Mädchen dann wieder an und stockte und hatte die Augen beständig niedergeschlagen. »Er könnte sich hier ein gutes Stück Geld verdienen – auch mein Vater spielt etwas die Geige und hört gern von der Fremde erzählen – und mein Vater ist sehr reich.«

EVA HELLER

Beim nächsten Mann wird alles anders (1987)

KONSTANZE WECHSELBURGER UND »DIE TYPEN«

- *Flirtausgangslage: in der Kneipe (Schwierigkeitsgrad 2)*
- *Methode: sich ins Gespräch einklinken resp. jemanden ins Gespräch einbeziehen*

»Klaro« – Konstanze gibt es unumwunden zu: »Ich liebe es, am Tresen rumzustehen und Männer aufzureißen.« Den finalen Meilenstein der »EMMAzipation« (Heinz Becker) hat sie demnach schon hinter sich. Und ihre spezielle Masche hat sie auch: »Das ist meine Spezialität: Ich stell mich einfach neben die Typen, die mich interessieren, höre eine Weile zu, was die reden, dann stelle ich eine Frage zu ihrem Gesprächsthema … und schon bin ich mittendrin.« So einfach macht man es frau.

»Und wenn ich mit andern gemeinsam unterwegs bin,

dann ist es noch einfacher, dann kann man sich nämlich auch neben einzelne, schweigende Männer stellen, die sind besonders dankbare Objekte.« Vielen Dank, Frau Heller.

»Dann quatscht man ein bisschen mit den Leuten, mit denen man gekommen ist, und dann fragt man den Typen: ›Und du, was sagst du dazu?‹« Aha, so einfach ist das also. Aber wenn der nun sagt: Wie kommst 'n drauf, dass ich dazu was sagen will? Oder: Was interessiert 'n dich das? Das kommt laut Männerkennerin Heller nicht vor. Denn: »Jeder Mann liebt es, wenn ihn eine Frau nach seiner Meinung fragt.« Und es steht zu fürchten, sie hat recht damit.

Also: »Also, es ist überhaupt nicht schwierig, ein Gespräch anzufangen.« Für eine Frau.

- *Bewertung: tadellos*
- *Prädikat: wertlos (bei Frauen)*
- *Erfolgsprognose: 90 Prozent (bei Männern)*

Ich wählte den ›Nonnenkeller‹, eine typische Aufreißerkneipe. Am Tresen standen achtundzwanzig Männer. Birgit war entsetzt, als sie die vielen Männer sah: »Das sieht ja aus wie eine typische Aufreißerkneipe!«

»Klaro«, sagte ich, »ich liebe es, am Tresen rumzustehen und Männer aufzureißen.«

Birgit sah mich an, als hätte ich einen blöden Witz gemacht. Wir standen eine Weile vor dem Tresen rum. Birgit stand 25 cm neben mir, obwohl es gar nicht so voll war.

Ich wollte ihr die freie Auswahl lassen – der gesuchte Mann war ja für sie gedacht, deshalb stellte ich meine eigenen Interessen zurück –, Birgit sollte entscheiden, zu welchem Typen wir uns dazustellen wollten. Ich würde dann unauffällig ein Gespräch beginnen. Das ist meine Spezialität: Ich stell mich einfach neben die Typen, die mich interessieren, höre eine Weile zu, was die reden, dann stelle ich eine Frage zu ihrem Gesprächsthema … und schon bin ich mittendrin. Und wenn ich mit anderen gemeinsam unterwegs bin, dann ist es noch einfacher, dann kann man sich nämlich auch neben einzelne schweigende Männer stellen, die sind besonders dankbare Objekte. Dann quatscht man ein bißchen mit den Leuten, mit denen man gekommen ist, und dann fragt man den Typen: »Und du, was meinst du dazu?« Jeder Mann liebt es, wenn ihn eine Frau nach seiner Meinung fragt. Also, es ist überhaupt nicht schwierig, ein Gespräch anzufangen. – Nur wartete ich immer noch darauf, daß sich Birgit für einen der vorrätigen Männer entscheiden würde. Sie stand nun 20 cm neben mir und schwieg unablässig.

»Wo sollen wir uns hinstellen?« fragte ich.

»Ich weiß nicht.« Birgit starrte auf den bierdurchtränkten klebrigen Bodenbelag. Wenn wir noch länger auf diesem Fleck stehenblieben, würden wir anpappen.

»Ich geh mal kurz aufs Klo. Entscheide dich derweil.«

»Ich geh mit aufs Klo.«

ANDRÉ BRETON

Die kommunizierenden Röhren (1955)

ANDRÉ UND DIE AUSGEGUCKTE

- *Flirtausgangslage: gegenseitige Unbekanntheit; sie sitzt mit einem Begleiter im Café (Schwierigkeitsgrad: 6)*
- *Methode und Mittel: schriftlicher Heiratsantrag*

André leidet seit Monaten unter einer sexuellen Versorgungskrise. Er sitzt mit seinen Kumpels im Café, als ihm eine junge, von einem älteren Typen begleitete Frau ins Stielauge fällt. Er mustert sie ungeniert von oben bis unten. Sie grinst ihn an, mit einem Blick, »jung, direkt, gefräßig«, und zeigt sogar Bein: »Ein perfektes Bein, absichtlich entblößt, indem sie es ein ganzes Stück über dem Knie kreuzt.« Ganz klar: Für ihren Typen ist sie »augenfällig zu schön«. Der ist »blass, kahl, gedunsen, sieht irgendwie arm aus, fast heruntergekommen«. Der besserverdienende Surrealist wittert seine Chance. »Die Vorstellung, dass die beiden etwas miteinander haben könnten, wäre lächerlich.«

Noch lächerlicher ist, wie er sich vorstellt, sie ins Bett zu kriegen. Da ihm an diesem Tag nichts einfällt, spekuliert er darauf, dass sie irgendwann wieder in seinem Stamm-Café auftaucht, möglichst ohne den Penner. Für diesen Fall hat er vorgesorgt und ihr etwas auf eine Karte geschrieben, die er ihr irgendwie zustecken will. Auf dieser Karte aber steht: »Ich denke nur noch an Sie. Ich brenne darauf, Sie kennen zu lernen. Ist jener Herr vielleicht Ihr Bruder? Wenn Sie nicht verheiratet sind, halte ich um Ihre Hand an.«

Zum Glück für die junge Frau ergibt sich nicht die kleinste Gelegenheit für den Heiratswütigen, die Karte loszuwerden. Denn der alte Sack war nicht auf den Kahlkopf gefallen und »zeigte sich von Mal zu Mal feindseliger« gegen das Hin- und Her-Geglotze.

Es gibt noch eine Flirt-Gerechtigkeit.

- *Bewertung: dämlichster Antragsversuch der Literaturgeschichte*
- *Prädikat: saumäßig*
- *Erfolgsprognose: entfällt*

Am 5. April 1931, zur Mittagszeit, in einem Café an der Place Blanche, in dem wir, meine Freunde und ich, uns zu treffen pflegten, da traf mein Blick den einer jungen Frau oder eines jungen Mädchens, das in Begleitung eines Mannes an einem Tisch ganz in unserer Nähe saß. Da mein offensichtliches Interesse an ihr sie nicht weiter zu genieren schien, musterte ich sie mit Wohlgefallen vom Kopf bis zu den Füßen [...] Sie lächelte mir jetzt zu, ohne die Augen zu senken, so als habe sie Vorwürfe ihres Begleiters nicht zu befürchten. Bewegungslos, sehr schweigsam und in Gedanken versunken, die ihn sichtlich sehr weit von ihr entfernten, machte dieser – er mochte in den Vierzigern sein – auf mich den Eindruck eines erloschenen, mehr als resignierten Menschen, was übrigens etwas Rührendes hatte. Ich sehe ihn fast noch vor mir: hager, kahlköpfig, gebeugt, von sehr abgerissenem Äußeren, die verkörperte Nachlässigkeit. An seiner Seite wirkte dies Geschöpf so wach, so vergnügt, so selbstbewußt und in seiner ganzen Art so herausfordernd, daß die Vorstellung, sie lebten zusammen, beinahe zum Lachen reizte. Ein untadeliges Bein, das sie sehr bewußt durch die Geste des Übereinanderschlagens bis weit übers Knie enthüllte, schaukelte lebhaft, langsam, lebhafter noch im ersten fahlen Sonnenstrahl – dem schönsten – des Jahres. Ihre Augen (ich habe die Augenfarbe nie bestimmen können; diese Augen sind für mich einfach nur helle Augen geblieben) waren, wie soll ich das erklären, Augen, *die man nie wiedersieht.* Sie waren jung, direkt, begehrlich, ohne Sehnsucht, sie hatten nichts Verspieltes, nichts von Berechnung, waren ohne »Seele« im poetischen (religiösen) Sinne des Wortes. [...]
Die junge Frau vom 5. April, der ich unverzeihlicherweise nicht gleich nachgegangen war, tauchte zwei oder dreimal in der Umgebung des Cafés wieder auf. Ich lauerte ihr sozusagen immer noch auf, in der Hoffnung, sie allein anzutreffen und ihr eine Karte zustecken zu können, auf der die folgenden Worte standen, die ich eigens für sie hatte übersetzen lassen: »Ich denke nur noch an Sie. Ich brenne darauf, Sie kennenzulernen. Jener Herr ist vielleicht Ihr Bruder? Wenn Sie nicht verheiratet sind, halte ich um Ihre Hand an.« Folgten die Unterschrift und: »Ich flehe Sie an.«

Es bot sich mir nicht die geringste Gelegenheit, ihr diese Karte zukommen zu lassen.

MARCEL PROUST

Auf der Suche nach der verlorenen Zeit (1913)

SWANN UND EIN LEICHTES MÄDCHEN

- *Flirtausgangslage: Rendezvous im Freudenhaus (Schwierigkeitsgrad: -)*
- *Methode: Kompliment mit witziger Verdrehung*

Monsieur Swann, ein steinreicher Snob und Charmeur der Extraklasse, verkehrt nicht nur in den höchsten Adelskreisen, sondern zeitweilig auch in »Maisons de Rendezvous«. Dort führt er melancholische Gespräche mit den Mädchen, denn er hat Liebeskummer und will herausfinden, ob seine untreue Geliebte im Milieu bekannt ist.

Dabei offenbart er einen zutiefst demokratischen Charakterzug. Er, »der Frauen, denen er in galanten Wendungen den Hof macht, immer nur Dinge von raffinierter Erfindung« sagt, »konnte nicht anders: Er sagte diesen Mädchen das Gleiche«, was er Prinzessinnen und Herzoginnen gesagt hätte. Eine der Dirnen, »eine junge, ganz entzückende Person«, hat blaue Augen und trägt einen blauen Gürtel. Otto Normalanmacher würde es da unter Umständen zu einem »Schöner Gürtel, passt zu deinen Augen« bringen. Wie anders hingegen der raffinierte Swann. Mit einem Lächeln bemerkt er: »Das ist hübsch, du hast heut blaue Augen angezogen, sie passen ganz genau zur Farbe deines Gürtels«.

Kompliment, Herr Proust! Schade nur, dass sich in dem 4000 starke Seiten langen Roman nicht ein einziger weiterer Tipp findet. Verlorene Zeit war die Suche trotzdem nicht. Denn der Spitzenspruch lässt sich auf das flirtfreudigste vermehren: grüne Augen – grüne Bluse; rote Haare – roter Rock; braune Augen – braune Handtasche; schwarze Haare – schwarze Strümpfe; usw., usf.

- *Bewertung: galantestes Kompliment der Weltliteratur*
- *Prädikat: Chapeau!*
- *Erfolgsprognose: 100 Prozent*

Manchmal suchte er irgendein Maison de Rendezvous auf in der Hoffnung, etwas über sie zu erfahren, allerdings, ohne ihren Namen zu nennen. »Ich habe da eine Kleine, die Ihnen gefallen wird«, sagte die Inhaberin. Und dann verbrachte er eine Stunde in melancholischem Gespräch mit einem armen Mädchen, das sich wunderte, daß er weiter nichts wollte. Eine junge, ganz entzückende Person sagte eines Tages zu ihm: »Am liebsten hätte ich einen Freund, er könnte sicher sein, daß ich dann nie mehr mit einem anderen ginge.« »Wirklich? Meinst du, es könne möglich sein, daß es einer Frau ernstlich etwas ausmacht, wenn man sie liebt, so daß sie einen dann nicht mehr betröge?«, wollte Swann angstvoll wissen. – »Aber sicher! Das hängt vom Charakter ab!« Swann konnte nicht anders, er sagte diesen Mädchen das Gleiche, was er der Prinzessin des Laumes gesagt hätte. Zu der, die einen Freund suchte, bemerkte er mit einem Lächeln: »Das ist hübsch, du hast heut blaue Augen angezogen, sie passen ganz genau zu der Farbe deines Gürtels.« – »Sie haben auch blaue Manschetten.« – »Eine schöne Unterhaltung führen wir, wenn man bedenkt, wo wir hier sind! Langweile ich dich auch nicht? Du hast vielleicht zu tun?« – »Nein, ich habe beliebig Zeit. Wenn Sie mich langweilten, würde ich es sagen. Im Gegenteil, ich höre Ihnen gern zu.«

KAPITEL III

IN URLAUB ODER KUR

Wenn nur die Augen sprechen, geht ja die Rede per Du; auch wenn der Mund noch nicht einmal »Sie« gesagt hat.

Thomas Mann

Fünf Tipps und Tricks, verraten von
Arno Schmidt, Friedrich Hölderlin, Thomas Mann,
Jean Paul und J. W. v. Goethe

»Ein begnadeter und fantasiereicher Erzähler.«

Stuttgarter Zeitung

Roman
ca. 256 Seiten, geb.
ca. € 19.90 SFr. 32.90

Der leicht verkorkste, aber sympathische Matthias Bleuel lernt in Sibirien die Sängerin Ak Torgu kennen. In Liebe entflammt, beschließt er, radikal mit seiner Vergangenheit zu brechen. Michael Ebmeyers großer Roman über Liebe, Besessenheit und den Mut zum Neuanfang.

ARNO SCHMIDT

Seelandschaft mit Pocahontas (1955)

ARNO UND SELMA

- *Flirtausgangslage: mehrtägiger Aufenthalt in Ferienpension bei gegenseitiger Unbekanntheit (Schwierigkeitsgrad 2)*
- *Methode: Blickkontakt; Grüßen; Lächeln; Mittel: Gästebuchkenntnisse*

Arno und sein Freund Erich machen Urlaub in Deutschland. Im Frühstücksraum von Holkenbrinks Pensionshaus am See sitzt für jeden etwas – die eine »klein und bauerndrall«, die andere lang und jeder Zoll Indianerprinzessin: »Das höllenfarbene Mädchen bog den schlanken Stielleib hinüber, Augen belichteten uns kurz.« Die Mädels werden aufgeteilt: »Erich mantschte schon mit den Augen in seiner strammen Maruschka.«

Der Wirt bringt das Gästebuch, und »wir lasen erst einmal behaglich darin, mit langen bedeutenden Fachmannsblicken zu den hold Errötenden und unbeteiligt Tuenden«. Arno und Erich tragen sich ein, vorsichtshalber unter falschen Namen (»Falls de eene anknallst!«), dann »erhoben wir uns zu voller Länge, wölbten die Brust undsoweiter, neigten einen verbindlichen Guten Morgen: Lächeln, mit tiefen Blicken in die betreffenden zugewiesenen Augenpaare: damenhaft sah's beiseite und dankte gekonnt gleichgültig.«

Dergestalt vorbereitet, setzt Arno am Strand den entscheidenden Treffer: »Sie heißen Selma«, spricht er seine Pocahontas an, »ich hab sofort aufgepasst … im Gästebuch, als wir uns eintrugen.« Die Recherche macht den entsprechenden Eindruck und bringt in der Folge Abwechslung ins Seelandschaft-Sexlife: »im Stehen«, »am Deich«, »im Boot«, »unter Wasser« und »im Gebüsch«.

- *Bewertung: routinegestützte, präzise Verstandesleistung*
- *Prädikat: schulmäßig*
- *Erfolgsprognose: 110 Prozent*

Auch das Fremdenbuch brachte der neugierige Alte, und wir lasen erst einmal behaglich darin, mit langen bedeutenden Fachmannsblicken zu den hold Errötenden und unbeteiligt Tuenden, aber s war enttäuschend leicht; Geburtsort Rybnik O.S. : »Bitte : Annemarie Waniek : hier hastu ihm, der Radio–« zu Erich. (Also hieß mein Glück Selma. Wientge, geboren 1930, beide Angestellte Richtung Osnabrück; eben sah man den bretternen Rücken fatal deutlich, und auf meinem Gesicht malte sich wohl tiefer Zweifel, denn selbst Erich bemerkte es und lachte vor Wonne wie ein Frosch). / »Falsche Namen ? ? – : Aber nur ! Fallsde Eene anknallst ! Und Ausweise verlangt niemand hier.« So behielten wir denn lediglich die Vornamen bei,; so – – – (»Du: ich bin Landmesser !« : »Ich bleib Malermeister !«). Dann ließen wir das Buch unwiderstehlich offen am Tischrand liegen; erhoben uns zu voller Länge, wölbten die Brust undsoweiter, neigten einen verbindlichen Guten Morgen : Lächeln, mit tiefen Blicken in die betreffenden zugewiesenen Augenpaare : damenhaft sah s beiseite und dankte gekonnt gleichgültig, durch uns hindurch. – – (ah : ein Augenzipfelchen wehte doch noch hinterher ! : »Mach schnell; se gehen ooch zum See !«). [...]

»Sie heißen Selma : ich hab sofort aufgepaßt !« gestand ich. Das Wasser, stark wie ein blauer Stoff, lag uns als Hüfttuch an. »Im Gästebuch, als wir uns eintrugen«; auch die Schultern waren ganz mager. Sie öffnete unbeholfen den großen Mund, lachte dann schrillend, wurde noch ziegelfarbener, und vertraute dem See an : »Wir auch. Aber Sie sind Joachim, ja ? !« und atmete befriedigt. Schaumkraut der Wolken. Ich holte so tief Luft, daß sie fasziniert auf meine Brust sah, an der sie entlang gehen konnte, wie an einer gelben Mauer.

FRIEDRICH HÖLDERLIN

Hyperion (1796)

HYPERION UND DIOTIMA

- *Flirtausgangslage: Man läuft sich auf einer griechischen Insel über den Weg (Schwierigkeitsgrad 1)*
- *Methode: Beschützermasche; Mittel: Spaziergang zu einer Gefahrenstelle*

Nachdem der scheue Jüngling auch nach mehreren Kilometern nicht weiß, wie er es ihr sagen soll – »von uns zu sprechen, scheuten wir uns« –, und auch das Stoßgebet »Zum Tone möchte man werden und sich vereinen in Einen Himmelsgesang« nicht erhört wird, steigt er mit ihr auf einen Berg mit schroffer Felsenwand. Dort schauen beide ausgiebig »hinaus, in den unendlichen Osten«; vor allem sie. Er guckt auch anderswo hin: Diotima steht »in schlanker Fülle« und dermaßen »sanft emporgestreckt«, dass er sie am liebsten hätte »fassen mögen«. Das glauben wir gern.

Aber so schnell grabscht es sich nicht. Sie tritt weiter vor und sieht »die schroffe Felsenwand hinab«. Und ist plötzlich genau da, wo er sie haben will: vor einem Geländer, das hier mitten in der sonst vom Göttlichen durchwalteten, unberührten Edelnatur montiert ist und zudem nicht die baurechtlich vorgeschriebene Höhe hat. »Das Geländer, worauf sie sich stütze, war etwas niedrig.« Und so: »So durft' ich es ein wenig halten, das Reizende, indes es sich so vorwärts beugte.«

So ein Schlingel! Und von wegen »zärtlich kindische Sorge, dass sie fallen möchte« – aufs Durchsichtigste waltet die Beschützermasche, aufs Tierischste tobt der Grabschgenuss: »Ach! heiße, zitternde Wonne durchlief mein Wesen, und Taumel und Toben war in allen Sinnen, und die Hände brannten mir wie Kohlen, da ich sie berührte.«

- *Bewertung: Grabschangriff zielführend vorbereitet*
- *Prädikat: Asbach uralt*
- *Erfolgsprognose: mindestens 40 Prozent (leider)*

BETRETEN
AUF EIGENE
GEFAHR!

Wir sprachen sehr wenig zusammen. Man schämt sich seiner Sprache. Zum Tone möchte man werden und sich vereinen in Einen Himmelsgesang.

Wovon auch sollten wir sprechen? Wir sahn nur uns. Von uns zu sprechen, scheuten wir uns.

Vom Leben der Erde sprachen wir endlich. [...]

Ein paar Tage drauf kamen sie herauf zu uns. Wir gingen zusammen im Garten herum. Diotima und ich gerieten voraus, vertieft, mir traten oft Tränen der Wonne in's Auge, über das Heilige, das so anspruchlos zur Seite mir ging.

Vorn am Rande des Berggipfels standen wir nun, und sahn hinaus, in den unendlichen Osten.

Diotima's Auge öffnete sich weit, und leise, wie eine Knospe sich aufschließt, schloß das liebe Gesichtchen vor den Lüften des Himmels sich auf, ward lauter Sprache und Seele, und, als begänne sie den Flug in die Wolken, stand sanft empor gestreckt die ganze Gestalt, in leichter Majestät, und berührte kaum mit den Füßen die Erde.

O unter den Armen hätt' ich sie fassen mögen, wie der Adler seinen Ganymed, und hinfliegen mit ihr über das Meer und seine Inseln.

Nun trat sie weiter vor, und sah die schroffe Felsenwand hinab. Sie hatte ihre Lust daran, die schröckende Tiefe zu messen, und sich hinab zu verlieren in die Nacht der Wälder, die unten aus Felsenstücken und schäumenden Wetterbächen herauf die lichten Gipfel streckten.

Das Geländer, worauf sie sich stützte, war etwas niedrig. So durft' ich es ein wenig halten, das Reizende, indes es so sich vorwärts beugte. Ach! heiße zitternde Wonne durchlief mein Wesen und Taumel und Toben war in allen Sinnen, und die Hände brannten mir, wie Kohlen, da ich sie berührte.

THOMAS MANN

Der Zauberberg (1925)

HANS CASTORP UND CLAWDIA CHAUCHAT

- *Flirtausgangslage: längerer gleichzeitiger Aufenthalt in einem Sanatorium (wahlweise Reha-Klinik oder Ferienhotel) (Schwierigkeitsgrad 1)*
- *Methoden: Blickkontakt; die kleine Aufmerksamkeit*

Hans hat sich in Clawdia regelrecht verguckt. Die Geschichte aber will über den Kontakt mit ihren »graugrünen Augen, deren leicht asiatischer Sitz und Schnitt ihm das Mark bezaubern«, einfach nicht hinauskommen. Die erste Gelegenheit bietet sich im Speisesaal des Schweizer Sanatoriums. Nach besonders ausgiebigen Tauchgängen in die »schmalgeschnittenen Kirgisenaugen« kann der junge Ingenieur einen ersten Erfolg verbuchen. Die russisch-französische Schönheit verliert ein wenig die Fassung: Die Serviette will ihr entfallen, »ist im Begriffe, ihr vom Schoße zu Boden zu gleiten«. Schon »will er über acht Meter Raum hinweg und um einen zwischenstehenden Tisch herum ihr zu Hilfe stürzen« – da bewahrt ihn Clawdia vor dieser Banal-Aktion aus dem Helfer-Repertoire, indem sie der Serviette noch eben habhaft wird.

Die zweite Gelegenheit kommt circa 90 Romanseiten später, beim Abendessen. Er bemerkt, dass die Strahlen der untergehenden Sonne auf Clawdias Tisch fallen. Zwar hat man »die Vorhänge vor die Verandatüren und Fenster gezogen, aber irgendwo klafft da ein Spalt, und durch ihn findet der rote Schein kühl, aber blendend und trifft genau Frau Chauchats Kopf«. Genauer, ihre »schlechthin zauberhaft geschnittenen Kirgisenaugen«, die sie mit der Hand schützen muss. Wortlos steht Castorp auf, »geht, seine Serviette in der Hand, schräg zwischen den Tischen hin durch den Saal, schlägt da hinten die cremefarbenen Vorhänge gut übereinander, überzeugt sich durch einen Blick über die Schulter, dass der Abendschein ausgesperrt und Frau Chauchat befreit ist – und begibt sich unter Aufbietung vielen Gleichmuts auf den Rückweg.« Der Dank erfolgt sofort und »mit freundlich erstauntem Lächeln«, der Lohn hundert Seiten weiter auf ihrem Zimmer.

- *Bewertung: cool*
- *Prädikat: vorbildlich*
- *Erfolgsprognose: 90 Prozent*

Es kam zu folgendem: In einer Eßpause wandte Frau Chauchat sich nachlässig um und musterte den Saal. Hans Castorp war auf dem Posten gewesen: Ihre Blicke trafen sich. Indes sie einander ansahen – die Kranke unbestimmt spähend und spöttisch, Hans Castorp mit erregter Festigkeit (er biß sogar die Zähne zusammen, während er ihren Augen standhielt), – will ihr die Serviette entfallen, ist im Begriffe, ihr vom Schoße zu Boden zu gleiten. Nervös zusammenzuckend greift sie danach, aber auch ihm fährt es in die Glieder, es reißt ihn halbwegs vom Stuhle empor, und blindlings will er über acht Meter Raum hinweg und um einen zwischenstehenden Tisch herum ihr zu Hilfe stürzen, als würde es eine Katastrophe bedeuten, wenn die Serviette den Boden erreichte … Knapp über dem Estrich wird sie ihrer noch habhaft. Aber aus ihrer gebückten Haltung, überquer zu Boden geneigt, die Serviette am Zipfel und mit verfinsterter Miene, offenbar ärgerlich über die unvernünftige kleine Panik, der sie unterlegen und an der sie ihm, wie es scheint, die Schuld gibt, – blickt sie auch einmal nach ihm zurück, bemerkt seine Sprungstellung, seine emporgerissenen Brauen und wendet sich lächelnd ab. […]

Ein andermal fallen beim Abendessen die Strahlen der klar untergehenden Sonne auf den Guten Russentisch. Man hat die Vorhänge vor die Verandatüren und Fenster gezogen, aber irgendwo klafft da ein Spalt, und durch ihn findet der rote Schein kühl, aber blendend seinen Weg und trifft genau Frau Chauchats Kopf, so daß sie, im Gespräch mit dem konkaven Landsmann zu ihrer Rechten, sich mit der Hand dagegen schützen muß. Das ist eine Belästigung, aber keine schwere; niemand kümmert sich darum, die Betroffene selbst ist sich der Unbequemlichkeit wohl nicht einmal bewußt. Aber Hans Castorp sieht es über den Saal hinweg, – auch er sieht es eine Weile mit an. Er überprüft die Sachlage, verfolgt den Weg des Strahles, stellt den Ort seines Einfalles fest. Es ist das Bogenfenster dort hinten rechts, in der Ecke zwischen der einen Verandatür und dem Schlechten Russentisch, weit von Frau Chauchats Platze entfernt und fast genau ebenso weit von dem Hans Castorps. Und er faßt seine Entschlüsse. Ohne ein Wort steht er auf, geht, seine Serviette in der Hand, schräg zwischen den Tischen hin durch den Saal, schlägt da hinten die cremefarbenen Vorhänge gut übereinander, überzeugt sich durch einen Blick über die Schulter, daß der Abendschein ausgesperrt und Frau Chauchat befreit ist – und begibt sich unter Aufbietung vielen Gleichmutes auf den Rückweg. Ein aufmerksamer junger Mann, der das Notwendige tut, da sonst niemand darauf verfällt, es zu tun. Die wenigsten hatten auf sein Eingreifen geachtet, aber Frau Chauchat hatte die Erleichterung sofort gespürt und sich umgeblickt, – sie blieb in dieser Haltung, bis Hans Castorp seinen Platz wieder erreicht hatte und, sich setzend, zu ihr hinübersah, worauf sie mit freundlich erstauntem Lächeln dankte, das heißt: ihren Kopf mehr vorschob als neigte. Er quittierte mit einer Verbeugung.

JEAN PAUL

Dr. Katzenbergers Badereise (1808)

HAUPTMANN THEUDOBACH UND THEODA KATZENBERGER

- *Flirtausgangslage: Ferienaufenthalt in Kurort (Schwierigkeitsgrad 2)*
- *Methode: am letzten Urlaubstag zuschlagen; Mittel: Heiratsantrag*

Theoda fährt mit ihrem Vater für einige Wochen nach Maulbronn und hat schon bald zwei Kurschatten: einen etwas umständlichen, an Körpergröße geringfügigen Schriftsteller und einen hochgewachsenen Offizier. Als Hauptmann von Theudobach in den Kursaal tritt, in dem der Schriftsteller gerade aus seinen Werken liest, ist der Schreiberling abgemeldet: Alle »weiblichen Augen« haben sich in Sekundenfrist an dem stattlichen Militär »festgeschraubt«, und Theoda hat es schwer erwischt: »Wie ein stiller Riese, wie eine stille Alpe stand er da; und ihr Herz war seine Alpenrose.«

Dem Gang zum Traualtar steht damit nichts im Wege, außer Jean Paul. Der umständliche Autor wirft den beiden jede Menge Knüppel zwischen die Beine, vor allem Missverständnisse und Verwechslungen, mit der Folge, dass nichts, aber rein gar nichts klappt. Bis zum letzten Urlaubstag, der damals (wir schreiben das 18. Jahrhundert)

wie heute bekanntlich eine besonders hohe Klapp-Rate hat.

Theoda treibt sich in den Maulbronner Felsgrotten und Höhlen herum, wo der Hauptmann sie zuverlässig findet: »Er habe sie heute lange gesucht«, behauptet er und verschärft den Entscheidungsdruck, »weil er diesen Abend noch abreise«. »Recht gut!«, kontert sie. »Morgen hätten Sie mich ohnehin umsonst gesucht.« Denn sie fährt ebenfalls, und: »So ist alles vorbei.«

Doch es geht erst richtig los. Sie kriegt feuchte Augen, er kann sie »nicht weinen sehen«, sie will davoneilen, er hält sie an der Hand fest und lässt sie wieder los, »sie eilte in einen Felsentalweg hinein, er folgte ihr unwillkürlich nach – da fand er sie mit dem Kopfe an eine Felsenzacke gelehnt«. Aha. Jedoch: »Sie winkte ihn weg und sagte leise: O lass mich weinen, es fehlt mir nichts.« Aha, aha: Sie hat ihn geduzt! Theudobach schlägt sofort zu: »Er riss sie vom Felsen an sein Herz.« Und geht aufs Ganze (Heiratsantrag): »O du himmlisches, gutes Wesen, bleib an meiner Brust – ich meine es redlich, muss ich von dir lassen, so muss ich zugrunde gehen.« Sie ist sprachlos. »So sagst du nichts zu mir?« – »Ach«, antwortet sie in vorauseilender, ehefraulicher Bescheidenheit, »was hab ich denn zu sagen?« Sie sagt es ohne Worte: »Und bedeckte das errötende Gesicht mit seiner Brust.«

Das war's: »Da war der ewige Bund des Lebens zwischen zwei festen und reinen Herzen geschlossen.«

- *Bewertung: Schnüff*
- *Prädikat: Schluchz!*
- *Erfolgsprognose: 95 Prozent*

Theudobach kam aus Felsengängen gegen sie daher, dessen schöne Gestalt ihr durch den Zauber des Helldunkels noch höher aufwuchs. Sie erschrak nicht, sondern sah liebreich zu seiner entblößten Stirn empor, auf der das Licht einer unbefleckten Jugend blühte; er habe sie heute, fing er an, lange gesucht, weil er diesen Abend noch über Pira nach Hause abreise; denn er könne nicht gehen, bevor er noch einmal sein Betragen entschuldigt und ihre Verzeihung mitgenommen.

»Recht gut!« sagte sie. »Morgen hätten Sie mich ohnehin umsonst gesucht; ich geh' ebenfalls ab; und was das übrige anbetrifft: ich vergebe Ihnen herzlich; Sie vergeben mir; und wir wissen beide nicht recht was: so ist alles vorbei.« Dieses brachte sie in einem Tone vor, der sehr leicht und scherzend sein sollte, eben weil ihre Augen noch in der Wehmut der vorigen Rührung schwammen. Auf einmal tönte von einem blasenden Musikchore auf einem fernen Felsen das Lied herüber: »Wie sie so sanft ruhn!« Heftig fuhr sie vom Grabe auf und sagte, unbekümmert, daß ihre Tränen nicht mehr zu halten waren, mit angestrengtem Lächeln: »Eine Abschied-Gefälligkeit könnten Sie mir wohl erweisen – einen Freund meines Vaters in Ihrem Wagen mitzunehmen bis Pira.« – »Mit Freuden!« sagt' er. – »So hol' ich ihn her«, versetzte sie und wollte davoneilen; er hielt sie an der Hand fest, blickte sie an, wollte etwas sagen, ließ aber die Hand fahren und rief: »Ach Gott, ich kann Sie nur nicht weinen sehen.« Sie eilte in einen Felsen-Talweg hinein, er folgte ihr unwillkürlich nach – da fand er sie mit dem Kopfe an eine Felsenzacke gelehnt; sie winkte ihn weg und sagte leise: »O laßt mich weinen, es fehlt mir nichts, es ist nur die dumme Musik.« – »Ich höre keine«, sagte der Krieger außer sich und riß sie vom Felsen an sein Herz. »O du himmlisches, gutes Wesen, bleib an meiner Brust – ich meine es redlich, muß ich von dir lassen, so muß ich zugrunde gehen.« Sie schauerte in seinen Armen, das weinende Angesicht hing wie aufgelöset seitwärts herab, die Töne drangen zu heftig ins gespaltene Herz und seine Worte noch heftiger. »Theoda, so sagst du nichts zu mir?« – »Ach«, antwortete sie, »was hab ich denn zu sagen?« und bedeckte das errötende Gesicht mit seiner Brust. – Da war der ewige Bund des Lebens zwischen zwei festen und reinen Herzen geschlossen.

JOHANN WOLFGANG VON GOETHE

Die Leiden des jungen Werthers (1774)

WERTHER UND »EIN DIENSTMÄDCHEN« PLUS »EINE JUNGE MUTTER«

- *Flirtausgangslage: längerer Aufenthalt in einem Dorf (Schwierigkeitsgrad 2)*
- *Methoden: Helfermasche; dumm fragen*

Unter der notorischen Goetheschen Einfallslosigkeit hat auch Herr Werther zu leiden. Am Dorfbrunnen beobachtet er »ein junges Dienstmädchen«. Das macht er gut, denn ihm entgeht nicht, wie sie ein Gefäß mit Wasser füllt und sich anschließend nach einer »Kamerädin« umsieht, »ihr das volle Wassergefäß auf den Kopf zu helfen«. Augenblicklich erkennt er seine Chance, marschiert hin, sieht dem Mädchen in die Augen und schießt einen Satz ab, der sich, in Anbetracht seiner Wirkung, gewaschen haben muss. Denn: »Sie ward rot über und über.«

Den Wortlaut dieser Spruchgranate hätte Goethe indessen besser für sich behalten. Wir hätten uns dann vielleicht über seinen Konkurrenzneid geärgert, wären aber ewig neugierig geblieben, was der Jung-Macho sich da geleistet haben mochte. Der Satz jedoch lautete – festhalten! –: »Soll ich Ihr helfen, Jungfer?«

Von einem Helfersyndrom kann bei Goethe gleichwohl nicht gesprochen werden. Er hat noch anderes auf der Pfanne. Elf Tage später entdeckt Werther eine junge Mutter mit drei kleinen Kindern. Er kann die Augen nicht von ihr wenden: »Es ward mir schwer, mich von dem Weibe loszumachen.« Nach geschätzten zwanzig Peilminuten traut er sich: »Ich trat näher hin und fragte sie,« – bitte anschnallen! – »ob sie Mutter von den Kindern wäre?«

Bei solchen Einfällen – Güteklasse: »Machen Sie hier auch Urlaub?« – muss man sich nicht wundern, dass der erotische Hungerleider sein Liebesglück im Schoß der Verwandtschaft sucht (genauer: in dem von Cousinchen Lotte) und sich irgendwann die Kugel gibt.

- *Bewertung: Wir sind's leid, Herr Goethe!*
- *Prädikat: Abtreten!*
- *Erfolgsprognose: tödlich*

Johann Wolfgang von Goethe: Die Leiden des jungen Werthers

Letzthin kam ich zum Brunnen, und fand ein junges Dienstmädchen, das ihr Gefäß auf die unterste Treppe gesetzt hatte und sich umsah, ob keine Kamerädin kommen wollte, ihr's auf den Kopf zu helfen. Ich stieg hinunter und sah sie an. Soll ich Ihr helfen, Jungfer? sagt ich. Sie ward rot über und über. O nein, Herr! sagte sie. – Ohne Umstände. – Sie legte ihren Kringen zurechte, und ich half ihr. Sie dankte und stieg hinauf. [...]

Das erstemal, als ich durch einen Zufall an einem schönen Nachmittage unter die Linden kam, fand ich das Plätzchen so einsam. Es war alles im Felde; nur ein Knabe von ohngefähr vier Jahren saß an der Erde und hielt ein anderes, etwa halbjähriges, vor ihm zwischen seinen Füßen sitzendes Kind mit beiden Armen wider seine Brust, so daß er ihm zu einer Art von Sessel diente und ohngeachtet der Munterkeit, womit er aus seinen schwarzen Augen herumschaute, ganz ruhig saß. Mich vergnügte der Anblick, und ich setzte mich auf einen Pflug, der gegenüber stund, und zeichnete die brüderliche Stellung mit vielem Ergötzen. [...]

Da kommt gegen Abend eine junge Frau auf die Kinder los, die sich die Zeit nicht gerührt hatten, mit einem Körbchen am Arme, und ruft von weitem: Philips, du bist recht brav. Sie grüßte mich, ich dankte ihr, stand auf, trat näher hin und fragte sie: ob sie Mutter zu den Kindern wäre?

KAPITEL IV

UNTERWEGS UND AUF BESUCH

Einer Geliebten ohne vorgängige Unterredung mit den Augen und ihren bedeutsamen Blicken eine mündliche Erklärung abzufordern, ist immer ein missliches Unternehmen.

Johann Karl August Musäus

Vier Tipps und Tricks, verraten von
Gustave Flaubert, J. v. Eichendorff, Guy de Maupassant
und Gottfried Keller

GUSTAVE FLAUBERT

Lehrjahre des Herzens (1865)

FRÉDÉRIC UND MADAME ARNOUX

- *Flirtausgangslage: gemeinsame Schiffsfahrt bei gegenseitiger Unbekanntheit; er Abiturient, sie verheiratet (Schwierigkeitsgrad 3)*
- *Methoden: glotzen; sich nichts anmerken lassen; Helfermasche*

Frédéric hat gerade in Paris sein Abitur gemacht und reist auf dem Wasserweg zurück in die Heimat. Er treibt sich auf dem Deck des Postschiffs herum. »Da traf es ihn wie eine jähe Erscheinung.« Sie sitzt allein auf einer Bank und stickt. »Noch nie hatte er solch eine bräunlich schimmernde Haut, eine solch verlockende Gestalt gesehen, noch nie so zarte Finger, durch die das Licht schien.«

Keine Frage: die oder keine. »Als er sich auf derselben Seite niedergesetzt hatte, sah er sie an.« Sie aber schaut nicht zurück, sondern verharrt »unbeweglich in der gleichen Haltung«. Er steht auf und geht »mehrmals von rechts und von links an ihr vorüber, um sein Vorhaben zu verschleiern«. Nicht unschlau, diese Abiturienten. »Dann aber blieb er nahe bei ihrem Sonnenschirm, der gegen die Bank gelehnt war, stehen und tat, als beobachte er ein Boot auf dem Fluss.« Und könnte sich dabei wenn nicht den ultimativen Spruch, so doch irgendetwas ausdenken, womit er's nicht gleich vergeigt: etwas zum Wetter sagen, sie fragen, wo sie hinfährt oder was sie Schönes stickt. Stattdessen fragt er sich: »Wie mochte ihr Name sein? Ihre Wohnung, ihr Leben, ihre Vergangenheit?« Alles Sachen, die er ggf. noch früh genug erfahren würde.

Dann fällt ihm ihr Schal auf. »In ihrem Rücken hing ein langer Schal mit breiten violetten Streifen über den messingbeschlagenen Schiffsrand.« Na, los doch, was Nettes über das Textil! Doch der Stockfranzose kriegt die Zähne nicht auseinander. »Wie oft wohl«, fragt er sich, »hatte sie ihn an feuchten Abenden auf hoher See um sich gelegt, ihre Füße damit bedeckt, darin geschlafen« usw., bis der

Schal ein Einsehen hat: »Da glitt der Schal, vom Gewicht der Fransen gezogen, langsam weiter über den Schiffsrand und wäre ins Wasser gefallen, wenn« – ja, wenn Frédéric nicht wenigstens die Helfermasche draufgehabt, d. h., »hinzugesprungen wäre und ihn festgehalten hätte«.

Gesprächsanbahnung (»›Ich danke Ihnen, Monsieur.‹«) und Affärenbereitschaft (»Ihre Blicke trafen sich.«) sind geschafft, aber weiter darf vorläufig nichts sein. Der Ehemann, Monsieur Arnoux, taucht auf, desgleichen Frédérics Fahrtziel, und die Wege trennen sich.

- *Bewertung: Gelegenheit beim Schal gefasst*
- *Prädikat: einfallslos*
- *Erfolgsprognose: 30 Prozent*

Frédéric stieß das Gitter zur ersten Klasse auf, um wieder an seinen Platz zu gehen, und störte dabei zwei Jäger mit ihren Hunden.

Da traf es ihn wie eine jähe Erscheinung.

Sie saß in der Mitte der Bank, ganz allein; vielleicht konnte er auch, vom Glanz, den ihre Augen ausstrahlten, geblendet, sonst niemanden erkennen. Als er vorüberging, hob sie den Kopf. Unwillkürlich verbeugte er sich; und als er sich auf derselben Seite in einiger Entfernung niedergesetzt hatte, sah er sie an.

Sie trug einen breitrandigen Strohhut mit blaßroten Bändern, die über ihrem Rücken im Winde flatterten. Ihr schwarzes, glattgescheiteltes Haar fiel tief in die Stirn und war über den Schläfen hochgekämmt, so daß es schien, als schmiege sich das Haar zärtlich an das Oval ihres Gesichtes. Ihr helles getupftes Musselinkleid bauschte sich in unzähligen Falten. Sie stickte; und ihre gerade Nase, ihr Kinn, ihre ganze Gestalt hoben sich klar vom Blau des Himmels ab.

Da sie unbeweglich in der gleichen Haltung verharrte, ging er mehrmals von rechts und von links an ihr vorüber, um sein Vorhaben zu verschleiern. Dann aber blieb er nahe bei ihrem Sonnenschirm, der gegen die Bank gelehnt war, stehen und tat, als beobachte er ein Boot auf dem Fluß.

Noch nie hatte er solch eine bräunlich schimmernde Haut, eine solch verlockende Gestalt gesehen, noch nie so zarte Finger, durch die das Licht schien. Er blickte staunend auf ihren Nähkorb wie auf ein Wunderding. Wie mochte ihr Name sein? Ihre Wohnung, ihr Leben, ihre Vergangenheit? Er hätte gerne die Möbel ihres Zimmers gekannt, alle Kleider, die sie je getragen, die Leute, mit denen sie verkehrte. Und selbst das Begehren, sie körperlich zu besitzen, schwand unter einer größeren Sehnsucht, unter einer Wißbegier, die keine Grenzen hatte. […]

In ihrem Rücken hing ein langer Schal mit breiten violetten Streifen über den messingbeschlagenen Schiffsrand. Wie oft wohl hatte sie ihn an feuchten Abenden auf hoher See um sich gelegt, ihre Füße damit bedeckt, darin geschlafen? Da glitt der Schal, vom Gewicht der Fransen gezogen, langsam weiter über den Schiffsrand und wäre ins Wasser gefallen, wenn nicht Frédéric hinzugesprungen wäre und ihn festgehalten hätte.

»Ich danke Ihnen, Monsieur«, sagte sie. Ihre Augen trafen sich.

JOSEPH VON EICHENDORFF

Aus dem Leben eines Taugenichts (1826)

DER TAUGENICHTS UND NOCH EIN MÄDCHEN

- *Flirtausgangslage: gemeinsame Schiffsfahrt bei gegenseitiger Unbekanntheit (Schwierigkeitsgrad 2)*
- *Methode:* ....*(Leservorschlag*)*

Im Kapitel 9 macht es der Autor seinem Tunichtgut samt einem Trupp Jungherren (Studenten) wieder ziemlich einfach. Man fährt mit dem Schiff. Die Mamsell kann also a) nicht weglaufen und ist b) sogar allein. Mit dem »hübschen jungen Fräulein« hätten »vor allem die Studenten gern einen höflichen Diskurs angesponnen«. Denn sie saß nicht nur »für sich«, sondern hatte auch einen Kanarienvogel im Käfig bei sich, der sang, »dass es eine rechte Lust war«. D-der s-s-singt aba sch-sch-ön!, hätte da wohl noch der schüchternste Stotterer herausgebracht.

KE... HENNEN
WIR U...HUNS
NI...HICHT?

Aber Eichendorffs Studentlein »hatten keine rechte Kourage«. Ja, nicht einmal dem Taugenichts, der schließlich auf einem Schloss »Lebensart gelernt« hat, fällt etwas ein. Er blickt nur »immerfort in die blaue Ferne«. Der Verdacht besteht, dass hier der Autor eine Einfallskrise hatte. Denn, dass die Schreiber dazu neigen, »ihre eignen Schwächen in die ihrer Figuren zu kleiden«, hat schon Kollege Jean Paul ausgeplaudert.

- *Bewertung: entfällt*
- *Prädikat: erbärmlich*
- *Erfolgsprognose: entfällt*

....

....

....

(Leservorschlag zur Anmache des Kanarien-Mädchens)*

*Bitte an den Verlag senden. Den drei besten Einfällen winken schöne Lektorinnen, pardon, Buchpreise.

Joseph von Eichendorff: Aus dem Leben eines Taugenichts

Unterdeß hatten die Studenten und ich unsere Kasse zusammengeschossen. Der Schiffer lachte und schüttelte den Kopf, als ihm der Waldhornist damit unser Fährgeld in lauter Kupferstücken aufzählte, die wir mit großer Noth aus allen unseren Taschen zusammen gebracht hatten. Ich aber jauchzte laut auf, als ich auf einmal wieder die Donau so recht vor mir sah; wir sprangen geschwind auf das Schiff hinauf, der Schiffer gab das Zeichen, und so flogen wir nun im schönsten Morgenglanze zwischen den Bergen und Wiesen hinunter.

Da schlugen die Vögel im Walde, und von beiden Seiten klangen die Morgenglocken von fern aus den Dörfern, hoch in der Luft hörte man manchmal die Lerchen dazwischen. Von dem Schiffe aber jubilirte und schmetterte ein Kanarienvogel mit darein, daß es eine rechte Lust war.

Der gehörte einem hübschen jungen Mädchen, die auch mit auf dem Schiffe war. Sie hatte den Käfig dicht neben sich stehen, von der andern Seite hielt sie ein feines Bündel Wäsche unterm Arm, so saß sie ganz still für sich und sah recht zufrieden bald auf ihre neuen Reiseschuhe, die unter dem Röckchen hervorkamen, bald wieder in das Wasser vor sich hinunter, und die Morgensonne glänzte ihr dabei auf der weißen Stirn, über der sie die Haare sehr sauber gescheitelt hatte. Ich merkte wohl, daß die Studenten gern einen höflichen Diskurs mit ihr angesponnen hätten, denn sie gingen immer an ihr vorüber, und der Waldhornist räusperte sich dabei und rückte bald an seiner Halsbinde, bald an dem Dreistutzer. Aber sie hatten keine rechte Kourage, und das Mädchen schlug auch jedesmal die Augen nieder, sobald sie ihr näher kamen. […]

Ich aber hatte mich unterdeß ganz vorn auf die Spitze des Schiffes gesetzt, ließ vergnügt meine Beine über dem Wasser herunter baumeln, und blickte, während das Schiff so fort flog und die Wellen unter mir rauschten und schäumten, immerfort in die blaue Ferne, wie da ein Thurm und ein Schloß nach dem andern aus dem Ufergrün hervorkam, wuchs und wuchs, und endlich hinter uns wieder verschwand.

GUY DE MAUPASSANT

Pierre und Jean (1888)

JEAN UND MADAME ROSÉMILLY

- *Flirtausgangslage: Sie ist zu Besuch bei seiner Familie (Schwierigkeitsgrad 2)*
- *Methode: Stichwort aufgreifen; Mittel: Gang in die Natur*

Die Eltern von Monsieur Jean haben Besuch in ihrem Haus in der Normandie: Madame Rosémilly, »eine noch ganz junge Witwe«, die neben einem blonden Köpfchen ein großes Vermögen besitzt. Am Nachmittag geht es zum gemeinsamen Langustenfangen – und für den Junior um alles oder nichts: »Mit glänzenden Augen sah Jean die schmalen Fesseln, die wohlgeformten Beine und den großen, herausfordernden Hut Madame Rosémillys« zwischen den Klippen und Sielen der Küste herumturnen.

Zuerst hat sie Durst. »›Ach, was ich für einen Durst habe‹, rief Madame Rosémilly.« Selbstverständlich ist eine

Süßwasserquelle zur Hand und der junge Gentleman behilflich. Als sie das Blondhaupt wieder hebt, »mit Tausenden glitzernder Tröpfchen übersprüht«, macht er den ersten Vorstoß: »›Wie hübsch Sie sind!‹ Sie antwortete in dem Tonfall, den man anschlägt, wenn man ein Kind ausschilt: ›Wollen Sie wohl den Mund halten?‹ Das waren die ersten halbwegs galanten Worte, die sie wechselten.«

Vollgalant wird es, als sie Hunger kriegt. Bald späht man, Kopf an Köpfchen, in einem Felsenbecken nach den schmackhaften Krustentieren. Sie: »Sehen Sie was?« Er: »Ja, Ihr Gesicht, es spiegelt sich im Wasser.« Ein klassischer Übergang. Sie schnippisch: »Wenn Sie sonst nichts sehen, werden Sie kaum etwas fangen!« Ein klassischer Abblocker. Er schlagfertig: »Ach, von allem, was sich fangen lässt, wäre mir das das liebste.«

Und das finden wir gar nicht so übel, Monsieur Maupassant, auch wenn Sie Ihren Jean diesen obergalanten Konter überflüssigerweise »zärtlich flüstern« lassen. Denn zärtlich ist doch heutzutage praktisch jeder.

- *Bewertung: zielführender Aufbau, gute Präsenz*
- *Prädikat: solide*
- *Erfolgsprognose: 70 Prozent*

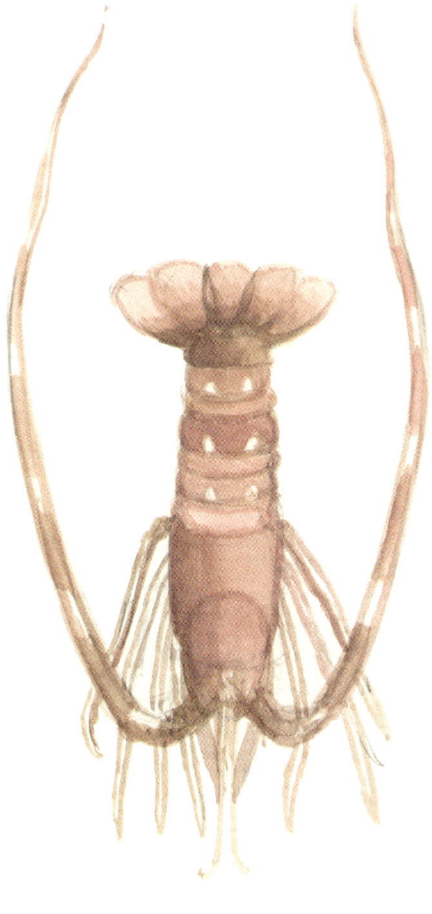

Die jungen Leute, in ihrem schnellen Schritt längst voran, bemerkten plötzlich neben einer Holzbank, einer Ruhestätte in der Nähe des Weges, ein kleines Wasserrinnsal, das einem winzigen Loch im Felsen entströmte. Es ergoß sich zuerst in ein Becken, das nicht größer als eine Waschschüssel war, um dann in zwei Fuß hohen Kaskaden herabzufallen, quer über den Fußpfad zu rieseln, auf dem wie ein Teppich Kresse wuchs, endlich unter Gestrüpp und Blättern zu verschwinden.

»Ach, bin ich durstig!«, rief Madame Rosémilly.

Aber wie trinken? Sie versuchte Wasser in ihre hohle Hand zu fassen, aber es rann ihr zwischen den Fingern durch. Jean hatte einen Einfall. Er legt einen Stein auf den Weg, sie kniete nieder, setzte ihren Mund an die Quelle, die ebenso hoch war wie ihre Lippen. Als sie den Kopf hob, waren tausend blitzende Tropfen ausgestreut auf ihr Haar, ihre Haut, auf ihre Augenbrauen, auf ihre Hüften. Jean beugte sich über sie und flüsterte: »Wie reizend Sie sind!«

Sie antwortete in dem Ton, mit dem man ein schlimmes Kind straft: »Wollen Sie wohl ruhig sein?«

Es waren die ersten Worte der Galanterie, die sie wechselten. […]

Die Ebbe war weit zurückgetreten, sehr fern schon, hinter diese in Tang gekleidete Felsenfläche, die weit in tiefem Grün schimmerte.

Jean krempelte sein Beinkleid über die Wade auf, streifte seine Ärmel über die Ellbogen, um ohne Angst ins Wasser gehen zu können, dann rief er: »Vorwärts!« und sprang mutig in die erste Lache, die er traf.

Wenn Madame Rosémilly auch entschlossen war, sofort ins Wasser zu gehen, sie fing es klüger an. Mit ängstlichen Schritten ging sie um das Bassin herum, denn sie glitt auf den schlüpfrigen Pflanzen der Felsen aus.

»Sehen Sie was?« fragte sie.

»Ja, Ihr Gesicht, das sich im Wasser spiegelt.«

»Wenn Sie weiter nichts sehen, werden Sie keinen besonderen Fischfang tun.«

Er sagte zärtlich: »Ach, das würde ich am liebsten fangen.«

Sie lachte: »Versuchen Sie doch! Sie werden ja sehen, ob es in Ihr Netz geht.«

GOTTFRIED KELLER

Der grüne Heinrich (1854)

HEINRICH UND ANNA

- *Flirtausgangslage: Er ist zu Besuch bei ihrer Familie (Schwierigkeitsgrad 2)*
- *Methode: Brücke bauen; Mittel: in der Küche mithelfen*

Anna ist nicht nur ein schönes Mädchen: »Schlank und zart wie eine Narzisse, mit goldbraunen Haaren, einer etwas eigensinnigen Stirne und einem kleinen lächelnden Mündchen.« Sondern auch ein fleißiges. Es ist Einmachzeit, und die alte Magd hat einen mächtigen Haufen grüne Bohnen auf den Tisch getürmt, die sämtlich »der Schwänzchen und Fäden zu entledigen« sind. Anna beteiligt sich selbstverständlich, und auch Heinrich hilft: »Damit ich in ihrer Nähe bleiben konnte.«

Das kann er bis in die Nacht: »So saßen wir bis um ein Uhr um den grünen Bohnenberg herum und trugen ihn allmählich ab, indem jedes einen tiefen Schacht vor sich hineingrub.« Der schlaue Heinrich hat sich Anna gegenüber platziert, und die »baute ihren Hohlweg in die Bohnen hinein mit vieler Kunst, eine Bohne nach der andern herausnehmend, und grub unvermerkt einen unterirdischen Stollen, so dass plötzlich« – dem Leser schwant Entzückendes – »ihr kleines Händchen in meiner Höhle zutage trat«. Um aufs unabsichtlichste berührt oder gar, wie die kupplerische Magd vorschlägt, gefangen zu werden. Denn dann sei Anna »der Sitte gemäß verpflichtet«, den Fänger zu küssen.

Als aber dem lahmen Heinrich das Händchen wieder und wieder entwischt, behauptet die Alte einfach: »Wenn ihr der Bau endlich zusammenbricht unter den vielen Löchern, so muss sie Euch auf jeden Fall küssen!« Und als auch das nicht passiert, hilft sie nach und tritt gegen den Tisch. »Gilt nicht, gilt nicht!«, ruft Anna, doch die Magd behauptet einfach, das sei egal: »Der Haufen ist gefallen, und du bist dem Herrn Heinrich einen Kuss schuldig!«

Gentleman Heinrich schlägt einen Vergleich vor: »Gut, so versprich mir, dass du mir immer und jederzeit einen Kuss schuldig sein willst!« Sie willigt ein und löst noch im selben Sommer, auf dem »vom aufgehenden goldfarbenen Monde« bestreiften Kirchhof, in der »stark duftenden Finsternis« eines Holunderstrauchs, ihr galantes Versprechen ein. Zuerst küsst man »zwei oder drei Mal, aber höchst ungeschickt«, doch dann wird ernstgemacht: »Wir fielen uns um den Hals und küssten uns eine Viertelstunde lang unaufhörlich, zuletzt ganz vollendet und schulgerecht.«

- *Bewertung: keinen Druck gemacht und Geistesgegenwart gezeigt*
- *Prädikat: schulgerecht*
- *Erfolgsprognose: 100 Prozent*

Der Schulmeister spielte und Anna und ich sangen dazu einige Abendlieder und, der Magd zu gefallen, welche gern mitsang, einen Psalm, den sie mit heller Stimme beherrschte. Dann ging der Alte zu Bette. Doch jetzt begann erst die Herrschaft der alten Katherine, welche unten in der Stube einen ungeheuren Vorrat von Bohnen aufgetürmt hatte, welche heute Nacht noch sämtlich bearbeitet werden sollten. Denn da sie nachts nicht viel schlafen konnte, beharrte sie hartnäckig auf der ländlichen Sitte, dergleichen Dinge bis tief in die Nacht hinein vorzunehmen. So saßen wir bis um ein Uhr um den grünen Bohnenberg herum und trugen ihn allmählich ab, indem jedes einen tiefen Schacht vor sich hineingrub und die Alte den ganzen Vorrat ihrer Sagen und Schwänke heraufbeschwor und uns beide, die wir wach und munter blieben wie Wieselchen, so lachen machte, daß uns die Tränen über die Wangen liefen. Anna, welche mir gegenüber saß, baute ihren Hohlweg in die Bohnen hinein mit vieler Kunst, eine Bohne nach der andern herausnehmend, und grub unvermerkt einen unterirdischen Stollen, so daß plötzlich ihr kleines Händchen in meiner Höhle zutage trat, als ein Bergmännchen, und von meinen Bohnen wegschleppte in die grauliche Finsternis hinein. Katherine belehrte mich, daß Anna der Sitte gemäß verpflichtet sei, mich zu küssen, wenn ich ihre Finger erwischen könne, jedoch dürfe der Berg darüber nicht zusammenfallen, und ich legte mich deshalb auf die Lauer. Nun grub sie sich noch verschiedene Wege und begann mich auf die listigste Weise zu necken. […] Katherine bog sich zu mir herüber und flüsterte mir ins Ohr: »Laßt sie nur machen, wenn ihr der Bau endlich zusammenbricht über den vielen Löchern, so muß sie Euch auf jeden Fall küssen!« Anna wußte jedoch sogleich, was die Alte zu mir sagte; sie sprang auf, tanzte dreimal um sich selbst herum, klatschte in die Hände und rief: »Er bricht nicht! xer bricht nicht! er bricht nicht!« Beim dritten Male gab Katherine mit ihrem Fuße dem Tische schnell einen Stoß, und der unterhöhlte Berg stürzte jammervoll zusammen. »Gilt nicht, gilt nicht!« rief Anna so laut und sprang so ausgelassen im Zimmer umher, wie man es gar nicht hinter ihr vermutet hätte. »Ihr habt an den Tisch gestoßen, ich hab es wohl gesehen!«

»Es ist nicht wahr«, behauptete Katherine, »Heinrich bekommt einen Kuß von dir, du Hexe!«

»Ei schäme dich doch, so zu lügen, Katherine«, sagte das verlegene Kind, und die unerbittliche Magd erwiderte: »Sei dem, wie ihm wolle, der Berg ist gefallen, ehe du dich dreimal gedreht hast, und du bist dem Herrn Heinrich einen Kuß schuldig!«

»Den will ich auch schuldig bleiben«, rief sie lachend, und ich, selbst froh der feierlichen Zeremonie entflohen zu sein und doch die Sache zu meinem Vorteile lenkend, sagte: »Gut, so versprich mir, daß du mir immer und jederzeit einen Kuß schuldig sein willst!«

»Ja, das will ich!« rief sie und schlug leichtsinnig und mutwillig auf meine dargebotene Hand, daß es schallte. [...]

Es war Dämmerung draußen, und die allerschönste Nacht brach an. Als wir auf den Kirchhof kamen, lag das frische Grab einsam und schweigend, vom aufgehenden goldenen Monde bestreift. Wir standen vor dem braunen, nach feuchter Erde duftenden Hügel und hielten uns umfangen; zwei Nachtfalter flatterten durch die Büsche, und Anna atmete erst jetzt schnell und stark. Wir gingen zwischen den Gräbern umher, für dasjenige der Großmutter einen Strauß zu sammeln, und gerieten dabei, im tiefen Grase wandelnd, in die verworrenen Schatten der üppigen Grabgesträuche. Da und dort blinkte eine matte goldene Schrift aus dem Dunkel oder leuchtete ein Busch weißer Rosen wie Schnee hervor, Anna brach, da hier von abgegrenztem Eigentume nicht die Rede war, ihr aufgeschürztes schwarzes Kleid ganz voll weißer und roter Rosen, und als sie, damit beladen und beide Hände beschäftigt, mit dem Köpfchen sich in den Zweigen eines dichten dunklen Holunderstrauches fing, ich sie befreien wollte und wir beide so in der stark duftenden Finsternis standen, da flüsterte sie, sie möchte mir jetzt etwas sagen, aber ich müßte sie nicht auslachen und es verschweigen. Ich fragte: Was? und sie sagte, sie wolle mir jetzt den Kuß geben, den sie mir von jenem Abend her schuldig sei. Ich hatte mich schon zu ihr geneigt, und wir küßten uns zwei oder drei Mal, aber höchst ungeschickt, wir schämten uns, eilten zum Grabe, Anna warf die Blumenlast darauf hin, wir fielen uns um den Hals und küßten uns eine Viertelstunde lang unaufhörlich, zuletzt ganz vollendet und schulgerecht.

KAPITEL V

IN GESELLSCHAFT

Wenn du scharf bist, musst du 'rangehn!

Nina Hagen

Vier Tipps und Tricks, verraten von
Theodor Fontane, Gustave Flaubert, Guy de Maupassant
und Leo Tolstoi

THEODOR FONTANE

Effi Briest (1894)

MAJOR CRAMPAS UND EFFI

- *Flirtausgangslage: sie verheiratet, er Freund des Hauses (Schwierigkeitsgrad 4)*
- *Methode: beredte Berührung; Mittel: Literaturkenntnisse*

Effi und der Major reiten an der Ostseeküste spazieren. Das »jugendlich reizende Geschöpf« ist in leicht poetischer Stimmung und meditiert über die Bojen, die in der Brandung »schwimmen und tanzen«. Diese würden ihr immer vorkommen wie die Turmspitzen der hier einst versunkenen Stadt Vineta. Als gebildeter Womanizer kennt Crampas natürlich das zugehörige Heine-Gedicht vom »Seegespenst«.

Effi kennt es nicht. Es handele, macht er eine ebenso einseitige wie zielführende Inhaltsangabe, von der Sehnsucht des Dichters nach »trippelnden Frauen mit Kapotthüten«. Die verheiratete Frau überhört das Thema selbstverständlich und fragt nur höchst prosaisch, ob das Gedicht lang sei. Der Major wird zunächst ebenfalls ganz sachlich: »Nein, es ist eigentlich kurz.« Doch dann beweist er, wie nützlich es ist, wenn man mehr als ein Heine-Gedicht auf Lager hat: »Etwas länger als *Du hast Diamanten und Perlen* oder *Deine weißen Lilienfinger* …«

Das Risiko, dass Effi mit dem Vergleich nichts anfangen kann, nimmt er dabei in Kauf. Hauptsache, sie nimmt ihm nicht übel, dass er – ziemlich genau bei dem Wort Lilienfinger – »leise ihre Hand« berührt.

- *Bewertung: Geistesgegenwart und Fingerspitzengefühl*
- *Prädikat: astrein*
- *Erfolgsprognose: fifty-fifty*

»Ach, Crampas, Sie sind … Sie sind …«

»Ein Narr.«

»Nein. Auch darin übertreiben Sie wieder. Aber Sie sind etwas anderes. In Hohen-Cremmen sagten wir immer, und ich mit, das Eitelste, was es gäbe, das sei ein Husarenfähnrich von achtzehn … «

»Und jetzt?«

»Und jetzt sag ich, das Eitelste, was es gibt, ist ein Landwehrbezirksmajor von zweiundvierzig.«

»… Wobei die zwei Jahre, die Sie mir gnädigst erlassen, alles wiedergutmachen – küss' die Hand.«

»Ja, küss' die Hand. Das ist so recht das Wort, das für Sie paßt. Das ist wienerisch. Und die Wiener, die hab ich kennengelernt in Karlsbad, vor vier Jahren, wo sie mir vierzehnjährigem Dinge den Hof machten. Was ich da alles gehört habe!«

»Gewiß nicht mehr, als recht war.«

»Wenn das zuträfe, wäre das, was mir schmeicheln soll, ziemlich ungezogen … Aber sehen Sie da die Bojen, wie die schwimmen und tanzen. Die kleinen roten Fahnen sind eingezogen. Immer wenn ich diesen Sommer, die paarmal, wo ich mich bis an den Strand hinauswagte, die roten Fahnen sah, sagte ich mir: Da liegt Vineta, da *muß* es liegen, das sind die Turmspitzen … «

»Das macht, weil Sie das Heinesche Gedicht kennen.« »Welches?«

»Nun, das von Vineta.«

»Nein, das kenne ich nicht; ich kenne überhaupt nur wenig. Leider.«

»Und haben doch Gieshübler und den Journalzirkel! Übrigens hat Heine dem Gedicht einen anderen Namen gegeben, ich glaube ›Seegespenst‹ oder so ähnlich. Aber Vineta hat er gemeint. Und er selber – verzeihen Sie, wenn ich Ihnen so ohne weiteres den Inhalt hier wiedergebe –, der Dichter also, während er die Stelle passiert, liegt auf einem Schiffsdeck und sieht hinunter und sieht da schmale, mittelalterliche Straßen und trippelnde Frauen in Kapotthüten, und alle haben ein Gesangbuch in Händen und wollen zur Kirche, und alle Glocken läuten. Und als er das hört, da faßt ihn eine Sehnsucht, auch mit in die Kirche zu gehen, wenn auch bloß um der Kapotthüte willen, und vor Verlangen schreit er auf und will sich hinunterstürzen. Aber im selben

Augenblick packt ihn der Kapitän am Bein und ruft ihm zu: ›Doktor, sind Sie des Teufels?‹«

»Das ist ja allerliebst. Das möcht ich lesen. Ist es lang?«

»Nein, es ist eigentlich kurz, etwas länger als *Du hast Diamanten und Perlen* oder *Deine weichen Lilienfinger* …« Und er berührte leise ihre Hand.

GUSTAVE FLAUBERT

Lehrjahre des Herzens (1865)

FRÉDÉRIC UND NOCHMAL MADAME ARNOUX

- *Ausgangslage: Man sieht sich wieder (Schwierigkeitsgrad 4)*
- *Methoden: Freund-des-Hauses-Masche; Anknüpfungspunkt finden; beredte Berührung*

Frédéric geht zum Jurastudium zurück nach Paris, bringt es zum Stammgast der »regelmäßigen Abendgesellschaften« im Hause Arnoux und macht – Ausdauer ist im Flirtbetrieb eine nicht zu unterschätzende Tugend – Madame mehrere Jahre lang den Hof. Auch tagsüber besucht er sie, spricht dann nicht nur über »belanglose Dinge«, lenkt gar manches Gespräch »auf das Kapitel der Gefühlserlebnisse«, geht mit ihr shoppen, mausert sich, als es in der Ehe Arnoux kriselt, zu ihrem Vertrauten und wird schließlich von ihr in seiner Wohnung besucht (was im 19. Jahrhundert einer unverblümten Aufforderung zum Beischlaf gleichkam) – allein, er »fand einfach keinen Anknüpfungspunkt, um auf seine Gefühle zu sprechen zu kommen«.

Den Gedanken, ihr irgendwann einfach zu sagen, »er liebe sie«, verwirft er. »Dann würde sie ihm fraglos einen Korb geben, oder sie wäre gar empört und könnte ihm die Tür weisen.« Wer weiß. Zwischendurch, bei einer gemeinsamen Kutschenfahrt, riskiert er ein halbherziges Tastangebot: »Er streckte die linke Hand auf dem Wagenpolster aus, dahin, wo sie saß, und ließ sie dort weit offen liegen.« Sie aber behält ihre Finger hübsch bei sich.

Die Gelegenheiten nehmen zu, die Anknüpfungspunkte überhand, doch die schwarzhaarige Madame Arnoux wäre, ohne von dieser zähen Liebe erfahren zu haben, weiß geworden, wenn nicht Flaubert aus Verzweiflung über die Blödheit seiner eigenen Figur doch noch ein astreiner Trick eingefallen wäre.

Er lässt Frédéric Erfahrungen im Kreis einer stadtbekannten Kokotte machen und ihn sich eines Abends endlich seiner Angebeteten erklären. Und zwar mit einer derart beredten Variante des sonst nichtssagenden Handkusses, dass sie ihm noch zwanzig Jahre später gestehen kann, wie sie entdeckt habe, dass er sie liebe: »Einmal am Abend, als Sie mir das Handgelenk zwischen Handschuh und Ärmel küssten. Da sagte ich mir: Er liebt mich ja! … Er liebt mich!«

- *Bewertung: etwas lange getrödelt, dann aber originell an und unter die Haut gegangen*
- *Prädikat: selten gut*
- *Erfolgsprognose: 100 Prozent*

Sie erzählten sich von längstvergangenen Tagen, von den Gastereien aus der Zeit des *Kunstgewerbes*, von Arnoux' Eigenheiten und Marotten, von seiner Art, an den Ecken seines Kragens zu zupfen, Pomade oder Bartwichse auf seinen Schnurrbart zu verstreichen, und noch von andern, intimeren und tiefergehenden Dingen. Wie hingerissen hatte er gelauscht, als er sie zum erstenmal hatte singen hören! Wie schön sie doch an ihrem Geburtstag war, damals in Saint-Cloud! Er erinnerte sie an den kleinen Garten in Auteuil, an manchen Abend im Theater, an eine Begegnung auf dem Boulevard, an frühere Dienstboten, ihre Negerin.

Sie staunte über sein Gedächtnis. Doch dann gestand auch sie ihm: »Manches Mal kommen mir Ihre Worte wie ein fernes Echo wieder in den Sinn, wie der Klang einer Glocke, den mir der Wind zuträgt, und wenn ich eine Liebesgeschichte in einem Buch lese, ist mir, als wären Sie da, bei mir.«

»Alles, was man darin als verstiegen bemängelt, habe ich um Ihretwillen durchlebt!« beteuerte Frédéric. »Wie gut verstehe ich, daß Werther an Lottes Butterbroten keinen Anstoß nahm!«

»Armer, lieber Schatz!«

Sie seufzte tief auf, schwieg eine Zeitlang und sagte dann leise: »Trotz allem … Wir haben uns doch sehr geliebt!«

»Ohne daß wir einander angehörten!«

»Vielleicht ist es besser so!« erwiderte sie.

»Nein! Nein! Wir hätten so glücklich sein können!«

»Ja, ich glaube es auch. Mit einer Liebe wie der Ihren!«

Und wie tief und stark mußte sie sein, wenn sie eine so große Trennung überdauert hatte!

Frédéric wollte wissen, wie sie entdeckt habe, daß er sie liebe.

»Einmal am Abend, als Sie mir das Handgelenk zwischen Handschuh und Ärmel küßten. Da sagte ich mir: Er liebt mich ja! … Er liebt mich!«

GUY DE MAUPASSANT

Bel Ami (1885)

GEORGES DUROY UND ETLICHE DAMEN

- *Flirtausgangslage: Man begegnet sich auf Anlässen (Schwierigkeitsgrad 1,5)*
- *Methode: stammeln und stottern; Mittel: drüber herfallen*

Der ehemalige Eisenbahner Duroy hat es zum Chefredakteur einer angesehen Pariser Zeitung gebracht sowie zu einem richtigen Casanova, dem die angesehene Pariser Damenwelt den einschlägigen Spitznamen »Bel ami« verpasst hat. Die 400 Seiten lange Bettenkarriere unseres »schönen Freunds« gibt zwar keinerlei verwertbare Tipps geschweige denn Tricks her, ist aber durchaus geeignet, sprachgestörten Hochschüchternen Mut zu machen.

Zunächst geht es vor den Spiegel: »Er probierte verschiedene Arten zu lächeln aus, gab seinen Augen bald diesen, bald jenen Ausdruck, um sich den Damen gegenüber galant zu zeigen.« Diese finden ihn auch ganz interessant, allerdings bringt er, wenn es zur Sache geht, keinen ganzen Satz zusammen. »Er stammelte« auf Seite 27 »und stammelte« auf Seite 100. Auf Seite 101 »stotterte er«, und »er stotterte« auch auf Seite 115. Dazwischen aber legt unser sprachloser Freund, trotz oder gerade wegen seiner bescheidenen Mittel, zwei attraktive Ladies flach. Und das geht so: Ohne Vorwarnung »warf er sich auf sie, suchte ihren Mund mit seinen Lippen und ihr nacktes Fleisch mit seinen Händen«.

Nein, diese Casanovas! Denen gibt's der Herr im Beischlaf.

- *Bewertung: stottererfreundlich*
- *Prädikat: je nun*
- *Erfolgsprognose: f-f-fünf P-Pro-ts-tsent*

LEO TOLSTOI

Anna Karenina (1873)

LEWIN UND KITTY

· *Flirtausgangslage: Eisbahn bzw. Spieltisch (Schwierigkeitsgrad: 3)*
· *Methode: Ratespiel; Mittel: Heiratsantrag*

Am Spieltisch im Palast des Fürsten Oblonskij sitzt die »entzückende und geheimnisvolle« Prinzessin Kitty Schtscherbazkaja. Daneben steht der Gutsherr Konstantin Dmitrijewitsch Lewin und ist im Begriff, ihr den zweiten Heiratsantrag zu machen. Den ersten, länger zurückliegenden, hatte er versiebt, und zwar so gründlich, dass man berechtigt ist, von einer Lektion zu sprechen, die Tolstoi dem Trottel erteilte, der da glaubte, der feingliedrigen Tochter des Fürsten Schtscherbazkij nach circa zehn Minuten gemeinsamen Schlittschuhlaufens und einem aufgehobenen Taschentuch mit einem Heiratsantrag kommen zu können.

Und auch noch mit solch einem: »Ich wollte sagen … wollte sagen … Ich bin nach Moskau gekommen, weil … um … meine Frau zu werden!«

Das Strafmaß wurde auf 416 Seiten festgesetzt. Und keine Seite eher steckt Kitty ihre »hübschen Beine« unter den aufgeklappten Spieltisch, ergreift ihre kleine Hand ein Stück Kreide und beginnt, »auf das grüne Tuch Kreise zu malen«. Lewin hat seine Lektion gelernt und den Wortlaut der damaligen Absage nicht vergessen. Vorsichtig fragt er, ob jenes »Das kann nicht sein« hatte heißen sollen: Niemals oder nur damals?

Aus Angst vor einer erneuten Abfuhr spricht er die Frage nicht einmal aus, sondern nimmt die Kreide und schreibt die Anfangsbuchstaben seiner Worte auf das Tuch. Sie errät sie bald, errötet, er wischt schnell alles wieder weg, sie nimmt die Kreide und antwortet: »D. k. i. n. a. a.!«

Auch er begreift, und seine Augen fragen: »Nur damals?« Die ihren bestätigen lächelnd, und nun schreibt sie, was sie sich »von Herzen wünsche«: »D. S. v. u. v. k., w. g. i. !« Daraufhin bricht er vor Aufregung die Kreide durch: »I. h. n. z. v. u. z. v.; i. h. n. a., S. z. l.« Sie flüstert »Ich habe verstanden«, und das reizende Spiel geht so fort bis zur guten Letzt: »Dann schrieb er noch drei weitere Buchstaben, doch bevor er fertig war, hatte sie, seiner Hand folgend, schon alles verstanden und die Antwort ›ja‹ hingeschrieben.«

- *Bewertung: schönster Heiratsantrag der Weltliteratur*
- *Prädikat: zarenmäßig*
- *Erfolgsprognose: bis dass der Tod sie scheidet*

Da ist er, sagte Kitty zu sich selbst, als er in seiner ganzen Größe unbeholfen vor ihr stand und ihr aus seinen glänzenden Augen entgegenblickte. Sie sah ihm, gleichsam um Mitleid flehend, offen ins Gesicht und reichte ihm die Hand.

»Ich bin voreilig gewesen, bin wohl zu früh gekommen?« sagte er, während er sich in dem leeren Salon umblickte. Als er sah, daß er richtig gerechnet hatte und daß ihn jetzt nichts an einer Aussprache hindern würde, verfinsterte sich sein Gesicht.

»Durchaus nicht«, antwortete Kitty auf seine Frage und setzte sich an den Tisch.

»Es kam mir ja gerade darauf an, Sie allein anzutreffen«, begann er, ohne sich zu setzen, und blickte sie nicht an, um nicht den Mut zu verlieren.

»Mama wird gleich kommen. Sie war gestern sehr ermüdet. Gestern …«

Sie sprach, ohne sich bewußt zu sein, was ihr über die Lippen kam, und sah ihm unverwandt mit zärtlich flehenden Augen ins Gesicht.

Er blickte zu ihr auf; sie errötete und verstummte.

»Ich habe Ihnen gesagt, ich wüßte nicht, wie lange ich hierbleibe … es hinge von Ihnen ab …«

Kitty ließ den Kopf immer tiefer herabsinken, und sie wußte selbst nicht, was sie auf das antworten würde, was jetzt kommen mußte.

»Daß es von Ihnen abhinge«, wiederholte er. »Ich wollte sagen … ich wollte sagen … Ich bin nach Moskau gekommen … weil … um … meine Frau zu werden!«, stammelte er, ohne selbst zu wissen, was er sprach. […]

Eine Weile schwiegen beide. Kitty zeichnete weiter mit der Kreide auf dem Tisch. In ihren Augen leuchtete ein stiller Glanz. Lewin unterwarf sich ihrer Stimmung und fühlte in seinem ganzen Wesen eine sich immer mehr steigernde Spannung vor Glück.

»Ach! Da habe ich nun den ganzen Tisch beschmiert«, unterbrach sie das Schweigen; sie legte die Kreide weg und machte eine Bewegung, als wollte sie aufstehen.

Wie soll ich es ertragen, wenn sie mich jetzt allein läßt? dachte er entsetzt und griff nach der Kreide. »Einen Augenblick«, sagte er und nahm am Tisch Platz. »Ich wollte Sie schon lange etwas fragen.«

Er sah ihr gerade in ihre freundlich, wenn auch erschrocken blikkenden Augen.

»Bitte, fragen Sie!«

»Schauen Sie her«, sagte er und schrieb folgende Buchstaben hin: A, S, m, a: E, i, u, b, d, n, o, n, d? Es waren die Anfangsbuchstaben des Satzes: Als Sie mir antworteten: Es ist unmöglich, bedeutete das niemals oder nur damals? Es schien gänzlich ausgeschlossen, daß sie diesen umständlichen Satz verstehen könnte; aber er sah sie mit solcher Spannung an, als hinge sein Leben einzig und allein davon ab, ob sie ihn verstehen werde oder nicht.

Sie blickte ihm ernst ins Gesicht, stützte dann die krausgezogene Stirn auf die Hand und wandte sich den Buchstaben zu. Hin und wieder warf sie ihm einen Blick zu, der zu fragen schien: Stimmt es wie ich annehme?

»Ich habe verstanden«, sagte sie schließlich errötend.

»Wie heißt dieses Wort?« fragte er und zeigte auf das n, das »niemals« bedeutete.

»Dieses Wort bedeutet ›niemals‹«, sagte sie. »Aber es stimmt nicht.«

Er wischte schnell das Geschriebene ab, reichte ihr die Kreide und stand auf.

Nun schrieb sie hin: D, k, i, n, a, a.

Dolly vergaß ganz den Schmerz, den ihr das Gespräch mit Alexej Alexandrowitsch bereitet hatte, als sie dieses Bild vor sich sah: Kitty, die mit der Kreide in der Hand mit einem schüchternen, glückseligen Lächeln zu Lewin aufblickte, und die schöne Gestalt Lewins, der sich über den Tisch gebeugt hatte und seine glühenden Augen abwechselnd auf den Tisch und auf sie richtete. Plötzlich verklärte sich sein Gesicht: Er hatte verstanden. Es bedeutete: Damals konnte ich nicht anders antworten.

Er blickte ihr fragend und zaghaft in die Augen.

»Nur damals nicht?«

»Ja«, antwortete sie lächelnd.

»Und j... Und jetzt?« fragte er.

»Nun, Sie sollen es lesen. Ich werde hinschreiben, was ich mir wünsche. Was ich mir sehnlichst wünsche!«

Sie schrieb folgenden Anfangsbuchstaben hin: D, S, v, u, v, k, w, g, i. Dies bedeutete: Daß Sie vergessen und verzeihen könnten, was gewesen ist.

Er griff mit vor Erregung zitternden Fingern nach der Kreide und schrieb, die Kreide zerbröckelnd, die Anfangsbuchstaben zu folgendem Satz hin: Ich habe nichts zu vergessen und zu verzeihen, ich liebe Sie immer noch.

Sie sah ihn mit einem aufmerksamen Lächeln an.

»Ich habe verstanden«, sagte sie leise.

Er setzte sich und schrieb einen langen Satz hin. Sie erriet jedes Wort, und ohne sich erst zu vergewissern, daß sie alles richtig verstanden hatte, nahm sie die Kreide und antwortete sofort.

Er konnte lange nicht verstehen, was sie geschrieben hatte, und blickte mehrmals fragend zu ihr auf. Er war durch sein Glück völlig verwirrt. Es wollte ihm auf keine Weise gelingen, für die von ihr geschriebenen Buchstaben die passenden Worte zu finden; doch in ihren bezaubernd leuchtenden Augen las er alles, was er wissen mußte. Er schrieb drei Buchstaben hin, aber noch bevor er zu Ende geschrieben hatte, las sie das Geschriebene über seine Hand hinweg, vollendete selbst den Satz und setzte die Antwort hinzu: Ja.

EPILOG

Da sieh mir nur die schönen Knaben!
Es ist wahrhaftig eine Schmach:
Gesellschaft könnten sie die allerbeste haben,
Und laufen diesen Mägden nach!

J. W. v. Goethe

QUELLENNACHWEISE

S. 26, 104, 129, aus: Gustave Flaubert, *Lehrjahre des Herzens*, Copyright © der deutschen Ausgabe 1957 Artemis & Winkler, Düsseldorf, in der Patmos Verlagsgruppe.

S. 34, 68, aus: André Breton, *Die kommunizierenden Röhren*, Copyright © der Originalausgabe 1955 Ed. Gallimard, Paris, Copyright © der deutschen Ausgabe 1973, 1980, 1988 by Rogner & Bernhard Verlags GmbH & Co. Verlags KG, Berlin. Übersetzung von Elisabeth Lenk und Fritz Meyer.

S. 38–40, aus: Robert Musil, *Der Mann ohne Eigenschaften,* in *Gesammelte Werke*, hrsg. von Adolf Frisé, Copyright © 1978 by Rowohlt Verlag GmbH, Reinbek bei Hamburg.

S. 44, aus: Heinrich Böll, *Gruppenbild mit Dame,* Copyright © 1971, 2007 by Verlag Kiepenheuer & Witsch, Köln.

S. 64, aus: Eva Heller, *Beim nächsten Mann wird alles anders,* Copyright © 1987 Fischer Taschenbuch Verlag GmbH, Frankfurt am Main.

S. 80, aus: Arno Schmidt, *Seelandschaft mit Pocahontas,* Copyright © 1959 Stahlberg Verlag GmbH, Karlsruhe. Alle Rechte vorbehalten S. Fischer Verlag GmbH, Frankfurt am Main.

S. 88–89, aus: Thomas Mann, *Der Zauberberg,* Copyright © S. Fischer Verlag, Berlin 1924.

S. 112, aus: Guy de Maupassant, *Bel Ami*. Die Rechte an der deutschen Übersetzung von Ernst Sander liegen beim Wilhelm Goldmann Verlag, München, in der Verlagsgruppe Random House GmbH.

S. 136–138, aus: Lew Tolstoi, *Gesammelte Werke in Einzelausgaben. Anna Karenina*. Ausgabe in 2 Bänden. Aus dem Russischen von Hermann Asemissen Copyright © 1956 Aufbau Verlag GmbH & Co. KG,

Berlin (die vorliegende Übersetzung erschien 1956 bei Rütten & Loening; Rütten & Loening ist eine Marke der Aufbau Verlag GmbH & Co. KG.

S. 72, aus: MARCEL PROUST, *Auf der Suche nach der verlorenen Zeit*, übersetzt von Eva Rechel-Mertens, Copyright © der deutschsprachigen Ausgabe: alle Rechte bei und vorbehalten durch Suhrkamp Verlag, Frankfurt am Main.

Die Rechtschreibung der Textauszüge orientiert sich an der Rechtschreibung der jeweiligen Buchausgabe.

Wir danken den vorstehend aufgeführten Verlagen für die freundliche Erlaubnis, zur Erbauung und literarischen Fortbildung der Leserschaft die besprochenen Textpassagen aus dem jeweiligen Werk in voller Länge wiedergeben zu dürfen.

Dem Hanser Verlag *(Die unerträgliche Leichtigkeit des Seins, Portnoys Beschwerden)* danken wir für die Bemühungen. Doch Milan Kundera lehnt grundsätzlich jede Wiedergabe seiner Texte außerhalb seiner Bücher ab, und Philip Roth teilt mit, er möchte sein Werk im Kontext der *Klassischen Anmache* nicht erscheinen sehen.
Auf die Wiedergabe der besprochenen Passagen aus *Bel Ami* haben wir aus Platzgründen verzichtet – es hätte sich um das gesamte Buch gehandelt.

Coverillustrationen: Peter Gut
Gestaltung und Satz: Anna Meyer
Druck und Bindung: CPI – Ebner & Spiegel, Ulm
ISBN 978-3-0369-5263-5

www.keinundaber.ch